緋彈的亞莉亞 XXIV

Aria the Scarlet Ammo

24

狂逸的同學會

赤松中學

緋彈的亞莉亞

Aria the Scarlet Ammo

狂逸的同學會

XIV

24

赤松中學

Contents

P3
１彈　帕里奧利的手槍技師

P55
２彈　吾之學舍是鍋底

P104
３彈　義士的球探

P149
４彈　貝瑞塔．金次樣式

P204
５彈　伊．U同學會

莎拉
蕾姬

1彈　帕里奧利的手槍技師

貝瑞塔公司的獎學金是——**如果留級就要全額退還！**

「這個借貸豬！管你是要下地獄還是下靈薄獄總之給我去死吧！」

現在不斷拍打我腦袋的這份契約書上，據說清楚寫有這條規定。

但是從簽約當時就一直為錢所苦的我，連契約書的內容都沒好好讀過就簽名了。

結果似乎是當初幫我向公司提議這筆貸款的貝瑞塔公司大小姐——貝瑞塔小妹妹就……

「給我像個日本人切腹自殺吧！馬上給我去死！死了把錢還來！」

一發現才剛抵達羅馬機場的我，便用她穿著迷你裙的雙腿夾住我的身體，讓眼角尖銳的藍綠色大眼睛眼角揚得更高，像亞莉亞一樣發飆起來了。

「脖、脖子！不要掐我的脖子！要、要是妳殺了我可領不到保險金的！」

我學義大利文明明就不是為了講這種悲慘的對話啊……！

雖然我如此說著並且把貝瑞塔的小手撥開，但是沒辦法反擊。

因為蕾姬和莎拉一左一右地半瞇著眼睛——

分別把槍口和箭矢瞄準著我。

（原來蕾姬在瑞士接到的工作，就是對我的狙擊拘禁嗎……！這個叛徒！）

不過武偵本來就是只要能拿到錢什麼任務都會接。要在這點上對她生氣是沒道理的。

然而我在意的，就是那個錢。

要雇用蕾姬應該不便宜才對，莎拉的佣金也很高。

要同時雇用這兩人想必會花上遠比借貸給我的錢還要高額的經費，怎麼想都不划算。

——貝瑞塔應該有什麼必須從我這裡把錢討回去的理由。

「Mamma mia！把錢！還來！Mamma！Mia！」

貝瑞塔彎起手臂，張開腋下後——碰！碰！

朝我的腦門與側頭部連續肘擊。痛！痛啊！

因為她的攻擊距離就跟小孩子一樣短，在雙方緊貼的狀態下打擊相當有利。

這樣下去我會無止盡被她毆打的。必須把她的身體推開，解開那對小腳的拘束趕快脫逃才行……！

我在焦急之下把左手伸進自己和貝瑞塔的身體之間，結果……

「——吼啊！」

喀喫！

哇呀！被咬了！我的手！她的犬齒好尖！連這種地方都跟亞莉亞很像啊！

「痛痛痛痛痛！」

我好不容易用右手扳開貝瑞塔的嘴巴後，她緊接著又用金髮飄逸的腦袋朝我使出頭槌。

有點像上勾拳的這一記攻擊讓我當場後仰。

還好她頭上沒有長犄角，不過——這個貝瑞塔明明身材那麼嬌小，卻是個難以控制的暴力女。

連聲音都是尖銳的娃娃聲，完全就是亞莉亞二號了嘛。

然而——她的打擊力只有比外行人稍微好一點而已，遠不及一拳就能輕鬆擊碎水泥磚的亞莉亞。她身上雖然穿著羅馬武偵高中的黑色制服，但應該不是強襲科吧？我心裡是這麼認為的，可是……

（……嗚……！）

忽然間，我在本能上感受到某種危險。

於是我反射性地緊抱起貝瑞塔的身體——

「——喝啊！」

「Mamma……咪嗚！」

用有點像背摔的動作把她摔在機場地板上。我居然把債權人摔出去啦。

被我壓扁在下面的貝瑞塔小妹妹當場兩腿開開……也就是解開了對我身體的拘

束……然後雙眼打轉起來。感覺在她腦袋周圍還有義大利版的暈眩小雞在『Pio Pio』地叫著。

蕾姬&莎拉因為考慮到子彈或箭矢可能貫穿我身體傷害到貝瑞塔的風險，所以並沒有立刻發動攻擊。

緊接著，我為了封印那兩人的能力——於是推開剛好經過一旁的中國觀光客們……

「麗、麗莎，我們逃！」

「遵、遵命，主人！」

逃向那群與我們無關的團體另一側。

麗莎也輕輕捏起自己的裙襬，從一旁繞過來追上我。

遠山家有一條家訓是——『不可別段討捨，不可蹴倒借錢』——也就是『盡可能不要殺人，借了錢絕不可賴帳』。換言之，我們家不知道基於什麼樣的理論，借錢賴帳的罪比殺人還要重。

但是！如果我在這種地方切腹，不管是對機場的清潔人員或是在貝瑞塔的唆使下為我加了生命保險的無知保險公司都會添麻煩的。想必祖先大人也不希望如此吧。

總之我現在是三十六計走為上策——

可是就在我這樣想的時候，鏘！

「嗚喔！」

從那群中國人團體的縫隙間飛來一條附繩索的圈套套住我的脖子，讓我只有身體往前衝而當場摔倒了。頸、頸椎會扯傷啊……！

套在我脖子上的，是像手銬一樣的金屬環。

如果是手腕我還可以用骨克己脫逃，但脖子的骨頭我可拆不掉。

因此我只好抓著繩索轉回頭一看……

「──不還錢還想逃跑，連豬都不如！」

這條繩索是從很快就恢復意識的貝瑞塔小妹妹──的左袖口內側伸出來的。

看來她是在袖子裡藏了手銬發射器的樣子，就像袖槍一樣。

「等、等等！我沒說我不還錢吧！別把人說得像個小偷啊！」

「沒有在留級的時候立刻還錢，你就擺明是個小偷了！」

活像在釣旗魚的貝瑞塔與化為旗魚的我互相拉扯著繩索。

而那群中國人則是吵吵嚷嚷地拿出鈔票，「男人！」「女人！」地開起賭盤了。

麗莎為了幫我助陣……

「主人！請讓麗莎也貢獻微薄之力！哼嗯～！」

結果從背後拉扯我脖子上的項圈。好、好難受，這樣只會讓我難受啊！

就算妳站到主人前面也沒關係，拜託妳要拉就拉繩子行不行！

「妳是誰啦！不要礙事！」

咖鏘！從貝瑞塔的右邊袖口中──這次是真的袖槍飛了出來，握到她右手上。

那把可以收在貝瑞塔小掌心中的超小型手槍是白色塑膠製，外觀有稜有角……是我從沒見過的奇妙設計。不過確實有槍口也有扳機，是塑膠製的掌心雷。我猜應該是拋棄式的單發槍——正當我這樣想的時候，咖鏘鏘！從她黑夾克的衣襬底下又冒出兩把一樣的槍，固定在她的腰部兩側。

緊接著，咖鏘咖鏘！

從貝瑞塔的裙底後側伸出了兩根塑膠製的機械手臂。首先往下伸的手臂在關節處自動彎曲成為V字型，接著往上伸的部分就像扇子骨架一樣張開，最前端則是——左右各三把一樣的單發槍一字排開。

瞄準我和麗莎的總計九把槍上，可以看到金光閃閃的貝瑞塔公司三把倒箭標誌。

貝瑞塔公司雖然是以手槍出名，不過其實是槍械類的綜合製造商。原來連那種我見都沒見過、聽都沒聽過的玩意也有生產……！

（貝瑞塔、這傢伙……跟華生一樣是全身武器嗎！而且是槍……！）

我剛才會在本能上把貝瑞塔摔出去，大概就是因為察覺到她藏在衣服內的大量槍械吧。

不，這下可不一定只有槍。從那套有如童裝的XXS尺寸黑制服底下究竟還會有什麼東西冒出來，根本難以預料。

「Allora（那麼），遠山，就跟我到辦事處來好好討論一下，該怎麼把你換成錢吧。還是說要讓這套槍座裙的革命槍全數發射——從防彈制服外面把你那身豬肉打鬆一點會比較好賣呢？」

把大量槍械像孔雀開屏一樣展開，露出嗜虐笑容的貝瑞塔——讓周圍的旅客們都嚇得四散逃逸。

而我也準備往後退的時候……

「不准逃。」

「麗莎小姐也是。」

莎拉把弓箭對準我，蕾姬把槍口瞄準麗莎。

而且她們稍微左右散開，擺出真的會射擊的角度。

（……嗚……）

這兩位都是殺人不手軟的傢伙。莎拉以前就射穿過麗莎的心臟，蕾姬也是毫不猶豫就朝佩特拉和希爾達頭部開槍的人。

不得已之下——

「妳們每個人都一樣，別在這種地方拿武器出來行不行？」

我只好放開繩子，和淚眼汪汪的麗莎一起把雙手高舉起來了。

因為是在旅客來來往往的機場大廳拔出槍械的關係，姑且有佩帶衝鋒槍的保安軍警前來關照……但貝瑞塔亮出她的武偵證照大喝一聲「我是貝瑞塔．貝瑞塔呀！」之後，對方便立刻不予追究了。雖然貝瑞塔的確是支撐這個國家出口產業的貝瑞塔公司的VIP，但你們這樣真的沒關係嗎？

「來，這隻豬，快點走！」

我連逛逛機場商店、享受一下旅遊心情的時間都沒有，就這樣被貝瑞塔押送了。

她雖然幫我把項圈拆掉，但依然握著一把小型槍。動不動就把槍對著我想叫我聽話的部分也跟亞莉亞一模一樣啊。

蕾姬和莎拉分別把槍與弓拆解後裝回Zero Halliburton手提箱與格紋木製手提箱中，並跟在貝瑞塔後面。而一臉畏怯的麗莎則是跟在最後面。

大部分的旅客都朝通往車站方向的天橋走去，不過我們卻是走向通往停車場的一條滿是灰塵的天橋。螢光燈有一盞沒一盞的，牆上是隨便貼貼而褶皺明顯的企業廣告海報。沾有水垢的窗戶有的打開有的緊閉。

穿過那條通道來到被汽車廢氣燻黑的立體停車場後——

貝瑞塔走到一輛車旁邊……

「……法拉利啊。」

是義大利車的頂級車款，大紅色的法拉利California。

畢竟這裡是義大利，我本來就想說或許有機會可以看到啦。

不過這位大小姐還真有錢。這車子是手排型，輪框還是鑽石拋光的。

「沒錯。這是公司的資產，也就是我的私人物品。恭喜你有機會乘坐喔，豬。」

貝瑞塔從黑制服的胸前口袋掏出車鑰匙操作了一下後，光滑潔亮的車頂便以機械性的動作緩緩打開。敞篷車通常是比起防禦更重視攻擊的武偵會喜歡搭乘的車型，而這下我也懂了。只要讓蕾姬和莎拉搭上這輛車……就完成一臺能以時速三百一十公里疾馳、射程超過兩公里遠的狙擊戰車啦。這下我無論如何都逃不掉了。

因此放棄逃亡的我坐進副駕駛座後，貝瑞塔也坐進位於左邊的駕駛座——明明是晚上卻戴上一副大大的墨鏡。真愛打扮呢。

蕾姬和莎拉也跟著坐到車後座，但她們似乎一點都沒有讓麗莎上車的意思。

「主、主人……！呃，貝瑞塔大人？請讓麗莎也一起……」

垂下細長的睫毛表現畏畏縮縮的麗莎，把我的旅行箱裝進貝瑞塔默默打開的狹窄汽車行李箱，接著走回車旁，卻遭到貝瑞塔隔著墨鏡瞪了一眼。而且不知道為什麼是瞪向那對圓滾滾的雙峰。

「哼！C罩杯以上的沉重胸部會超重啦。不能搭。」

挺起平坦胸膛的貝瑞塔說著，便發動引擎。看來她果然打算把麗莎丟下來。

剛才我在ATM提出僅存的最後五十歐元時，我有聽麗莎說她錢包裡還有五百歐元左右。於是……

「麗莎，妳留下來反而比較好，別跟這些危險的傢伙扯上關係。」

我用日文對她如此說道。接著法拉利便「轟！」地發出彷彿很不耐煩的引擎聲響，帥氣起步——

起步——噗嘶！

熄火了。

「……」

起步失敗的貝瑞塔當場變得滿臉通紅……

「Mamma mia！這是練習啦！這臺是練習車啦！」

不知道是講給誰聽的，朝正上方如此大聲嚷嚷。

然後光是要讓車子往前進而已就額頭冒汗──

再度「噗嚕嚕嚕……」地發動引擎，小心翼翼地……

好不容易低速起步了。

接著用一檔龜速前進。

看來她對行進中換檔沒自信的樣子。

「呃、那個……貝瑞塔大人，至少請告訴麗莎你們要往哪裡去吧。」

就連麗莎用走的都能跟上來了。

「我說妳既然不會開，為什麼偏偏要挑手排車啦？我聽說在歐洲因為手排車比自排車便宜所以很多人開，難道妳也是為了節省經費嗎？」

我趁這機會用之前在美濱外語高中學到的知識挖苦她一下後……

「吵、吵死了。開自排車不是很遜嗎？啊！啊！」

噗嚕嚕……咖嘶！又熄火了。

「Mamma mia！那麼愛抱怨就換你來開嘛，豬！」

貝瑞塔用她兩條短手臂擺出像是足球選手擲球入場的動作。那是我在黑手黨電影中經常看到義大利人用單手做出丟東西動作表達憤怒——的雙手版本吧。

「豬才不會開車。」

「那你就成為世界上第一隻會開車的豬！這隻豬！借貸豬！」

貝瑞塔從她上衣背後抽出一條像鞋耙子的短鞭，「啪啪！」地抽打坐在副駕駛座的我。

她在這點上也是跟亞莉亞一樣，喜歡拿別人出氣啊……！

明明都用鞭子抽打我了，貝瑞塔卻還是繼續駕駛……在高速公路的入口匝道才戰戰兢兢地升了檔。雖然她爛透的駕駛技術老是礙到周圍的車輛，不過法拉利在母國果然也不是一般人會開的車子，因此都沒有一輛車敢對我們按喇叭呢。

橫跨道路上方的綠色標誌寫有『ＲＯＭＡ』的字樣，看來我們姑且是朝著羅馬市區走的樣子。反正我本來就打算要去，這下也省一筆電車費啦。哼！

在右側通行讓我不太習慣的道路兩旁——可以看到深藍色夜空下的義大利田園風景。還有像巨大香菇一樣的義大利石松路樹。

這樣一片充滿南歐風情的景色中，貝瑞塔的敞篷車迎著春天的夜風奔馳。

然而，我的心情卻無比黯淡。

不得不被丟在機場的麗莎當然也讓我有點擔心，不過更重要的是……

（好啦……我該怎麼化解狙擊拘禁呢……）

我無法逃離狙擊手攻擊的事情，已經在去年和後座這位蕾姬的事件中證明過了。而且這次還有莎拉，我還是放棄從正面攻略這兩人吧。

現在還是與那兩人的雇主——貝瑞塔的交涉比較重要。

話雖如此……但這位貝瑞塔是個連對話都很困難的凶暴女。而且對我個人來說非常傷腦筋的是，她長得極為可愛。個子又小，眼睛又大，簡直就像活的卡通公仔。我面對這樣的女孩總是會變得畏縮，任對方擺布的事情——已經透過和另一位小不點凶暴女之間的各種經驗中證明過。

不過只要跟女人扯上關係的事情每次都會很棘手，我也習以為常了。

因此與其哀怨嘆息，不如快快思考作戰計畫。這也是為了能夠順利進入全世界唯一願意接納我的武偵高中——羅馬武偵高中啊。

像這樣，即使遭遇問題還依然好學，希望能勤奮讀書的我……

現在遇到了一項更為急迫的問題。

——我肚子餓了。

「喂，貝瑞塔。」

「什麼事啦，豬？」

「我想吃個飯。」

「啥？你真的變成豬啦？」

一方面因為高速公路沒有紅綠燈而駕駛起來比較輕鬆的關係，貝瑞塔大小姐的心情似乎不錯……但這女人就算聽到我說想吃東西肯定也不會讓我吃的。於是……

「我會遵照妳的要求切腹，所以在那之前先讓我吃個東西。」

我對她撒了這樣一個謊，結果……

「Mamma mia！你要讓我見識日本武士的切腹嗎？這樣我一輩子都能炫耀了！」

讓飄逸的金髮隨風擺盪的貝瑞塔大小姐隔著車內後照鏡咧嘴笑了一下。嗚哇，是虐待狂的表情啊，簡直跟可鵡韋一樣嘛。

話說她居然那麼想看人切腹，真是個怪女人。

不過在我周圍都只有怪女人而已。

因此這種程度對我而言只能算普通女人呢。真是難過。

「如果是自殺就會有保險金了，viva viva（萬萬歲）。反正我開開車也肚子餓了……」

妳不是才剛吃過比薩嗎……？

「Bene（好），就到我喜歡的義大利料理店——讓你享用最後的晚餐吧！」

Bene（好），她輕易就上當了。

這個笨蛋，誰要乖乖自殺啦。再說，切腹前的餐食按規矩是白湯泡飯，才不會有日本武士吃完義大利餐切腹啦。

義大利是個南北細長、海洋包圍、四季分明的國家。在這方面雖然和日本很像，然而北方寒流吹不到的地中海氣候讓這地方以所在緯度來說相當溫暖。

國土形狀像一只長靴子，而位於小腿附近的就是這裡——首都羅馬。

下了高速公路後又恢復龜速駕駛的法拉利進入的羅馬市區，在習慣上是指西元三世紀皇帝奧勒里安努斯沿市區外圍建設的城牆內側部分。不過現代羅馬實際上的面積要再大一點，約有東京二十三區的兩倍左右。

（這次我沒有像之前在巴黎的貞德那樣幫忙帶路的人。對地理不熟悉以後也會傷腦筋，我就稍微看看街道，理解一下羅馬吧……）

我這麼想著，轉頭環顧一下這條雙向四線道？的道路——因為這裡和日本不一樣，車道界線時有時無，讓我搞不太清楚——發現這裡的建築物雖然都建得很大，卻沒有高樓大廈。

這大概是為了保護能成為觀光資源的景觀吧。

而確實這裡的建築物即便是新建的，外牆也會漆成混濁的淡橙色，窗戶也用白框或白色遮陽板等等，一定都會設計得有歷史感。

然而……那些牆上卻到處都是塗鴉。從較低的車體往外看，可以發現車道旁擺放有許多看起來是收集垃圾用的大箱子，而大概是收垃圾的速度太慢的關係，經常可以看到箱子周圍滿是家庭垃圾。

雖然美麗，卻也骯髒。這點和歐洲其他都市是一樣的，然而……羅馬更加給人一種莫名『貧窮』的感覺。擁擠地停在路旁的小型車有的外觀凹陷，甚至還有用膠帶補強的車子，令人難以相信是先進國家。

「喂，貝瑞塔。」

「什麼啦，豬？」

「這街上到處看起來破破爛爛的啊。」

「你才剛到義大利就想挑剔？真是失禮。」

「我不是在挑剔，是覺得奇怪。義大利的平民難道都很窮嗎？還是說民族性上不會在意這種事情？」

「誰曉得？我連想都沒想過那種事情呢。或許兩者都有吧？」

……總之，我至少知道義大利人（貝瑞塔）不會在意枝微末節的事情了。

貝瑞塔看著行車導航，將車子開進路旁種植有優雅楊樹的伽伐尼街。這裡雖然連中央分隔線都沒有，不過是一條雙向雙線車道。街道景觀看起來相當有歷史呢……正當我這麼想的時候，貝瑞塔說了一句「就是這裡」並把車停下……反覆了十次左右才總算把車子停到路邊了。

餐廳——Don Pachino。

白色牆上裝飾有紅磚拱門，看來是把原本到近代還是貴族宅邸的建築重新再利用所開的店。

（哼，挑選這種地方當成我的處刑場，還頗有情調的嘛。）

我們下車走上入口的細石階，來到鮮花綠葉圍繞的開放陽臺後——貝瑞塔、蕾姬、莎拉接著是我依序坐到位子上。

餐桌上潔白無瑕的桌巾被燈籠裡的蠟燭微微照耀出燈火的顏色。

雖然街道上很髒，不過店內倒是很清潔嘛。而且不會感到做作。石頭地板與牆壁充滿傳統美感，以日本來講就像歷史悠久的料亭一樣。

「……真是一家好店。還有專門烤比薩的窯。」

「哪間餐廳會沒有啦？」

彷彿是在嘲笑我似地用鼻子笑了一聲的貝瑞塔小妹妹，接著「沙沙」地搖曳她輕柔的金色長髮，擺動頭帥氣地把墨鏡摘下來。

然後將手肘靠在桌上，開心望著我。

抬起她那雙眼角尖銳、給人感覺很嗜虐的眼睛。

「這裡無論是antipasto（前菜）、primo（第一盤）、secondi（第二盤）還是dolce（甜點）都很美味喔。雖然你一切腹都會掉出來就是了。」

「我才不想陪妳吃什麼久得要命的全餐。」

現在要算夏令時間，所以日本和義大利的時差是七小時。然而根據金次流的時差克服法，我不會去換算現在日本是幾點。因此我也不清楚自己吃完飛機餐之後究竟隔了幾餐沒吃。現在肚子可以說是餓到不行，但我還是回了一句「我吃比薩就夠了」並看向菜單。

嗯……這裡雖然感覺是有錢人來吃的店，但價格倒算便宜。我以前在荷蘭跟英國都吃過苦頭，不過看來義大利的物價比日本低的樣子。

「是喔，那你就吃Capricciosa（隨興比薩）吧？這裡做的可好吃呢。」

貝瑞塔裝模作樣地「啪」一聲彈響指頭把服務生叫來，點了一堆餐點——接著過了一段無言的等待時間後，擺到我面前的是……

灑滿生火腿、香菇、切片水煮蛋與黑橄欖等等食材的熱呼呼比薩。剛好可以擺進一枚白色圓盤子的比薩……雖然以一餐來講分量不算多，但至少可以讓我暫時撐過飢餓。

於是我用刀叉將它十字切成四等份，把其中一片折起來放進口中……

「——！」

好吃到讓我都忍不住睜大了眼睛……！

「你慢慢享用呀，畢竟那可是你最後的一餐呢～」

姑且不管貝瑞塔的發言，這裡真不愧是義大利老闆千金愛光顧的店。

透過烤窯的遠紅外線烤出來的柔嫩薄皮，以及融化得恰到好處的莫札瑞拉起司。

就連我原本不喜歡吃的洋薊都呈現出色的味覺搭配。

真不敢相信，原來比薩是這樣細膩、這樣美味的東西。

我過去人生中吃過的比薩根本全都是假的嘛。

就在我仔細品嘗著真正的比薩時，貝瑞塔在我對面的座位吃完前菜的火腿沙拉後……把和我同樣的Capricciosa比薩像書本般對折起來，一口氣塞進了嘴裡。明明她在機場就吃過比薩的說。接著又吃完一分熟的里肌肉排，連表面灑上砂糖在現場點火烤成脆皮的義式奶凍也都吞下肚子。就跟亞莉亞吃桃饅一樣，是小不點的大胃王現象呢。我是已經看習慣了，不會感到驚訝啦。

「……」

「……」

從機場一路來都沒講過半句話的蕾姬與莎拉也默默吃著茄子的可樂餅。羅馬的餐廳甚至有魔力能夠讓這對只吃卡洛里美得或青花菜的傢伙改掉偏食啊。我能理解，畢竟真的很好吃嘛。

——在這期間，我們周圍的露天座位也來了幾群打扮漂亮的當地客人……

「呵呵！如果召集想看切腹的觀眾然後一人收個一百歐元，就能大賺一筆呢。」

享用著餐後瑪奇朵拿鐵的貝瑞塔開始盤算起邪惡的計畫。

而我則是完全不理會她，把經過一旁的服務生叫過來後——

「Mi scusi, il conto.（不好意思，我要結帳。）我只付我的部分，這些。」

從我單薄的荷包抽出包含小費在內的二十歐元鈔票，硬塞到服務生手中。

「——喂，借貸豬！既然你有那些現金，先把借的錢還來呀！」

貝瑞塔立刻從座位上跳起來做出擲球入場的動作，對我大吼了一聲。不過……

「我借的可是一疊疊的鈔票，就算還了一張也無濟於事吧。」

我卻厚顏無恥地交抱雙手，對她挺起胸膛。

「……呃……這樣講是沒錯啦。」

把嘴巴凹成「ㄟ」字形的貝瑞塔用她藍綠色的大眼睛目送服務生離開後——鼓起腮幫子把上半身伸到桌面上……

「然後呢？你什麼時候要切腹？」

說著，將她彷彿會刺人的睫毛逼近到我面前。

「我已經切啦。」

「？？？」

「在日本有句話叫『切自己的腹（Jibara wo kiru）』，意思是自掏腰包付錢。妳不知道嗎？」

我想要的交換條件——『食物』已經在我肚子裡了。

於是我一副『妳不爽就拿鞭子抽我啊』的態度對她提出詭辯。

結果貝瑞塔不出所料地用力把她小小的雙拳高舉起來……

「Mamma mia——你這個壞男人！」

宛如讓龐貝城滅亡的維蘇威火山一樣頭頂上冒出蒸氣，大發雷霆了。

但是她接著從衣服裡拿出來的……不是鞭子，是標題為『Nihongo（日文）』的筆記本。

然後……

「……Jibara wo kiru。很少見的表現方式呢。印象中我好像聽過的樣子。」

她用大理石花紋的 Aurora 鋼筆「沙沙沙」地抄下我剛才的話。

總覺得……她似乎正在學習日文，而且程度還算高呢。

不過她看來並不會對我剛才的這行為不予追究……

「——這隻歪理豬。我要把你帶回家好好修理一頓！」

她額頭冒出因為膚色較白而清楚可見的青筋，指著我如此大叫了。

龜速的法拉利沿著南北蛇行貫穿羅馬市的台伯河彎彎曲曲朝北行駛。兩旁街景漸漸變得乾淨，白色浮雕石材與濁橙色磚瓦建成約五層樓高的漂亮建築物也越來越多。

（感覺是慢慢在接近外國特別明顯的『貧富差距』……當中『富有』的地區了。）

偶爾看到的獨棟房屋外牆的黃色或水藍色也都是呈現微帶灰色的混濁顏色。比起亮麗的清透色更喜歡混濁色的審美觀和日本有點相似。

橙色的路燈就像燃油燈一樣溫和，房屋窗戶透出來的光線也是微帶橙色的燈泡顏色。

整體讓人感覺平靜的色彩氛圍——真是不錯。

如果只看富裕地區，羅馬是個好城市呢。

……我才剛這樣想，就發現這地區其實也有問題。道路變成凹凸不平的石板路，讓車子即使低速行駛也不斷搖晃震盪。貝瑞塔、蕾姬、莎拉和我只能像打地鼠遊戲的地鼠一樣在座位上一直跳一直跳。

「這、這裡是什麼地方？似、似乎進入了高級住宅區啊。」

搖晃到沒辦法看行車導航的我如此一問後……

「博爾蓋塞別墅的北邊，帕里奧利地區的阿、阿爾奇美得路。這裡有我的公司宿舍。」

墨鏡都被震歪的貝瑞塔轉著方向盤，沿彎彎曲曲的山路上坡。兩旁低層公寓都配合道路讓外觀呈現優雅曲線的這個地區，感覺是遠離了觀光勝地、純粹屬於羅馬人的街區。

雖然氛圍上的確很像是有錢人居住的區域，不過家家戶戶都在拉出遮陽棚的陽臺上特地裝飾一些植物等等——莫名有種不炫耀做作的氣氛，讓人不會感到討厭。

到了其中一間門前畫有三把倒箭標誌的宅邸……法拉利便開進裡面。雖然在車庫前又再度熄火，但不屈不撓的貝瑞塔還是努力讓車子停進車庫，「Bene（好）！」一聲後下車了。話說這女人為什麼可以把車子斜著停進長方形的停車位啦，這樣反而更難吧？

「下車啦，豬。」

「Si si（是是是）。」

「『Si（是）』只要講一遍！」

好恐怖啊。我以前也被亞莉亞罵過的這段對話，這次換成義大利文版本了。

不過——至少目前看起來我可以在有屋頂的地方過夜啦。對我現在一貧如洗的狀況來說，這真是太好了。

如此這般，正當我在車庫被蕾姬和莎拉一左一右微妙監視之下努力尋找好的地方安慰自己的時候……

「——大小姐，歡迎回來！哇！男、男性……？呃，公司規定上大小姐的自家是禁止男性進入的……」

一名戴眼鏡、麻花辮、感覺個性懦弱的女性現身了。看起來應該跟我同年或大個一歲左右。

「艾爾瑪，這才不是男人，是公豬。來，妳仔～細瞧瞧，是豬吧。」

貝瑞塔一副了不起地挺起平坦的胸口，又從背後拿出短鞭抵起我的下顎。

「……是、是的。那麼，我會對公司保密。」

大概是貝瑞塔部下的艾爾瑪表現得畏畏縮縮，當作是沒看到我了。

「還有，把車洗一洗。」

「是，我明白了。我會順便上蠟。」

「真是乖孩子，艾爾瑪。」

看著貝瑞塔與艾爾瑪之間那樣的互動——

我不禁在內心咂了一下舌頭。

從剛才艾爾瑪的聲調聽起來，她對於能夠服侍貝瑞塔感到很愉悅。

雖然我沒辦法形容得很明白，不過貝瑞塔即使個性上很凶悍……卻擁有站在上層立場，例如當將兵、長官，更現實一點就是當公司幹部的才華。我有那樣的直覺。

其實這點我從蕾姬和莎拉會出現的時候就隱約察覺到了，只是現在更讓我有了確信。

對我的事情應該會知道的人物名單，大概是貝瑞塔根據美國國防部外流出來的動畫找武偵之類的人列出來的吧……然後她從中挑選出不會被感情所動，能確實完成任務的蕾姬與莎拉——雇用了這兩名狙擊手，是相當巧妙的人選。對我來說等於是最不希望面對的兩名『金次殺手』都被對方雇用，而且現在又被拘禁在貝瑞塔公司管理的建築物中。

我雖然以前在盧森堡有從納粹監牢中逃脫過的經驗，但那是因為對方的將領（伊碧麗塔）太呆的關係。然而這次的將領有那份才華，我想逃脫出去可不容易了。

我被短鞭戳著，穿過從車庫通往屋內的門——來到底色以紅色為主的波斯地毯、牆壁為白色的走廊。

宅邸中除了我們以外沒有其他人的氣息。

剛才說過這裡是公司宿舍，但根本就是貝瑞塔的專用住家了。

雖然對於穿鞋子進屋依然有點抵抗，不過我還是被帶進裝飾有高級畫作與擺飾家具的大客廳中……接著貝瑞塔大小姐便一屁股坐到優雅的花紋沙發上，翹起穿了黑色防彈膝上襪的腳。

蕾姬和莎拉則是像哼哈二將一樣站在她兩旁。三個人都看著我。

「豬，給我跪在那裡。你身上應該有帶武器吧？」

劈頭就先解除我的武裝是嗎？看來妳身上的羅馬武偵高中制服不是穿假的啊，貝瑞塔。

但我如果乖乖聽話，只會讓狀況越來越棘手。

「——既然是武偵就必須隨身攜帶武器，讓我帶在身上吧。我沒跟妳交手的意思。」

「蕾姬，莎拉。」

該死。

「把這傢伙的衣服全部脫掉，把武器全部拆下來排在桌上。但如果是使用者以外的人觸碰有可能會放電流，要小心一點。」

「電流……妳白痴喔。又不是科幻電影，怎麼可能有那種槍啦。那只會因為裝了電池變得更重而已。」

被蕾姬與莎拉脫著防彈制服的我高舉著雙手，只能用嘴巴表示抵抗。

「豬果然很笨。就是有呀。我以前就造過實用等級的東西。」

造過……？

就在我不禁皺起眉頭的時候——

馬尼亞戈短刀、兩把手槍以及各自的備用彈匣陸續被蕾姬和莎拉從我身上拿掉了。甚至連裝在防彈制服內側的櫻花用護具也被發現、拆了下來。

債權人做的事情全部都是對的。女人做的事情全部都是對的。這就是二十一世紀橫行世界的資本主義與女性主義。要忍耐，忍耐啊金次。

我如此說服著自己的同時……莎拉脫下我的襯衫……

蕾姬甚至一臉若無其事地準備連我的內褲也脫下來——

「呃、喂，住手！那、那地方再怎麼說也不會藏東西啦！」

於是我趕緊把膝蓋跪在地上並從上面拉住四角褲，從這過度的恐嚇行為中保護自己。

然而機器人蕾姬如CG般工整的美麗臉蛋上卻絲毫沒有流露任何感情，只顧著要完成自己的任務。

大概是對這狀況開始感到有趣的緣故，莎拉更「嘿！」一聲——用她的毛氈鞋把我踢倒在地上。而且好死不死是朝後仰天！

「貝瑞塔，妳、妳快叫他們住手啊！」

雖然紅著臉蛋卻依然睜大那對尖眼角的大眼睛看著事態發展的貝瑞塔也……

「啊、啊……知、知道了！蕾姬，莎拉，停下來！」

慌慌張張如此下令後，又「Mamma mia……我這沒出息的傢伙……！難得有機會可以看到我沒看過的東西的說……！」地敲打起自己的腦袋。

不過她很快又重新振作，望向整齊排在桌上的武器，然後「！」地伸手抓起來的──不出所料，就是貝瑞塔．金次樣式。

「──這把改造槍是誰做的！」

貝瑞塔小妹妹對於自己公司的產品被瘋狂改造的事情感到非常驚訝。

「……是我一個叫『平賀』的同班同學，在龜有的地方工廠改造的……」

全身只剩內褲的我仰天倒在地上如此呢喃後……

貝瑞塔依舊一臉驚訝地──甚至說是很開心地在沙發上蹦蹦跳跳起來。

「好厲害，bravo！沒想到幾乎沒有影響到外觀卻可以改造到這種程度！我雖然也有用Government做過同樣的魔改造，不過原來在日本也有人能夠做到這樣。我就把這當作是至今為止的利息收下了。還有這個和這個！」

貝瑞塔把我的武裝全部沒收並站到我的頭旁邊，抱著那些武器咧嘴一笑──低頭睥睨著我。看起來非常開心、非常愉快。

蕾姬和莎拉也圍繞我的頭站著，用冰冷的視線低頭看向我。

……可惡。真、真不甘心……可惡……不過……

……奇、奇怪？我被又是可愛又是漂亮的三名女生剝掉衣服，踢倒在地上，用嗜虐的眼神與半瞇的眼神如看蟲子般睥睨著的過程中，我、我的血流怎麼……？

我好像──感受到某種奇怪的血流？爆發性的那種。騙人的吧？

不、不不不！不對！我應該沒有那方面的癖好才對！這恐怕是那三人明明都穿著

裙子，卻毫不在意地站在仰天倒在地上的我的頭周圍的緣故。雖然我本身多虧眼眶泛淚而看不到裙子內部就是了，要不然那三人都會被我看光光的——肯定只是因為我察覺到這樣的危險而已，絕對沒錯……！

把差點不小心打開的爆發模式之門靠著默背質數而關上的借貸豬，將拜託債主至少歸還的衣服又穿回身上。

隨後，貝瑞塔便抱著我的武器開開心心地離開了客廳。

至於就算我想逃跑也隨時有辦法處置的蕾姬&莎拉則是……兩人跪坐在沙發上，玩著似乎是蕾姬向去年的同班同學中空知學來的翻花繩。還真從容啊。

話說，這氣氛上感覺是只要待在宅邸內，就算我到處走動也沒關係的樣子。

不過……或許是身為武偵的職業病，手無寸鐵的狀況讓我坐立難安，怎麼也靜不下來。

於是我決定即使必須下跪磕頭也要拜託貝瑞塔把槍還來，而在這棟大屋子中到處尋找她的蹤影。

貝瑞塔家以日本來講就是一棟三層建築。雖然花紋很多的裝潢感覺很華美，不過也很適合羅馬這個地方。各處牆上還掛有義大利偉人——李奧納多．達文西所畫、全世界初次概念化的直升機與戰車的設計圖。

(一樓是客廳、廚房、車庫以及艾爾瑪的房間。二樓是浴室和臥室……三樓是書房、倉庫以及沒有使用的客房……）

一方面因為在偵探科養成的習慣，我順便在腦中描繪著房子的樓層平面圖。不過……

在這棟男性止步而充滿女人臭的宅邸裡，我到處都找不到貝瑞塔。

就連綠意盎然的各樓陽台，或是我為了回收麗莎幫忙放進車內的旅行箱——因為是敞篷車的關係，我只要按一下車內的按鈕就能打開汽車行李箱了——而前往的車庫裡也找不到人。

我就這樣像個小偷一樣到處走著，才發現這房子還有地下室。

而貝瑞塔似乎就在那裡，從底下傳來微微的聲響。

於是我走下大理石造的樓梯，打開地下室的門一瞧……

（這……和平賀同學的房間一樣啊……）

裡面飄散著機械油和火藥的氣味。有我在武偵高中裝備科看慣的車床、銑床、多軸加工機等等，以及我沒見過的一個像玻璃箱的裝置與桌上的MacBook互相連接。

這裡是工作室。

而且是槍械工作室。

然而環境和水泥裸露的地方工廠不一樣。地板上鋪有奶油色的組裝地毯，感覺比較像是有錢大學的研究室。抬頭還能看到天花板有一大塊花窗玻璃的天窗，雖然現在是晚上，不過白天時應該可以從庭院的地面採光到屋內吧。

我接著看到了貝瑞塔坐在房間深處桌前的背影。

她戴著一副附加放大鏡的眼鏡，身穿寬鬆的白衣，不知道在埋頭做什麼事情。

「貝瑞塔，這裡就是妳的房間嗎……？呃……呀啊！」

我探頭看向桌面，忍不住發出像漫畫一樣的尖叫聲。因為——

貝瑞塔．金次樣式……被解體了！就連平賀同學交代過『就算要完全拆解保養的時候也不可以拆開的啦！』的滑套後部連射裝置也被拆掉了！

「妳在做什麼！那個我可沒辦法裝回原狀啊！」

面對慌張的我，貝瑞塔小妹妹卻是把戴在臉上的雙眼式放大鏡「啪！」一聲翻開……

「這個是一流技師改造出來的吧？不過結構有點太過精細，在耐用度上可能會有問題呢。」

藍綠色的大眼睛閃閃發亮，說出這樣一句的確沒錯的發言。

「……妳是……手槍技師嗎？」

「身為這把槍的使用者，你有什麼不滿的地方嗎？在槍戰中怎麼樣的時候會感到自身有危險？」

貝瑞塔沒有直接回答我，而是露出職業技師的眼神對我如此詢問。

「呃～……妳說得沒錯，它的確經常故障，還有因為連射很容易把子彈用完。至於會感到有危險嘛，就是槍被對手摸走，或是我全身被打飛讓槍脫手的時候吧。」

「那不是當然的嗎，這隻豬！」

「因為妳問了我就老實回答啊！就是那種理所當然的事情，在實戰中會讓人傷腦筋啦。」

「是這樣喔～那這邊的裝甲呢？它在材質硬度上呈現多層、多面的非均勻性，簡直就像日本刀一樣。透過人體工學將中彈時的衝擊力道分散，設計得精細又大膽。分析成分之後我發現裡面使用了稀有金屬，所以沒辦法量產就是了。」

——呀啊！這邊是以前安格斯給我的護具，通稱大蛇2！不但被拆解，還到處被削出一點小洞，取樣本分析了！

「如果沒辦法量產就沒有意義呀～」

先姑且不論我的武裝被亂搞的事情……靠在椅背上「嗯～」地思考的貝瑞塔……我稍微明白了，她是個武器工匠。

而且是考慮到量產層面的生意人。

原來如此，這的確給人一種『槍械製造商的女兒』的感覺。不過——沒想到光是我剛才在宅邸內到處走的短短十五分鐘內，她就能把難解的平賀產品以及最先進材料製成的尖端科學武裝都完全掌握清楚了。看來她是個天才兒童啊。

因為連DE以及馬尼亞戈短刀都被拆掉，讓我明白就算跟她要回來我也無法使用了——於是我嘆一口氣後，對她提出一個單純的疑惑：

「妳為什麼要在自己家做這種事情啦？貝瑞塔公司應該有更好的工作室吧？」

「我不喜歡公司那種硬邦邦的氣氛。唉呀，雖然我近日會為了這個革命槍過去公司進行簡報就是了。」

貝瑞塔大小姐說著，從裙子底下伸出機械手臂，把她在機場瞄準過我和麗莎的超小型槍亮給我看。拜託妳用自己的手拿出來給我看行不行？妳剛才裙子稍微掀了一下害我心臟都差點停啦。

「這玩意哪裡革命了？子彈嗎？還是機械手臂？」

「這子彈是非穿孔性衰變鈾彈，不會放出輻射能，威力是一般ＦＭＪ子彈的兩倍喔。現在一打兩千歐元訂購販賣中。機械手臂是叫槍座裙。這兩個雖然都是我的發明，不過你猜錯了。真正革命性的是這把槍呀。」

大概是講到槍械的話題很開心的關係，貝瑞塔大人說得很愉快。

話說，原來我和麗莎是被那麼恐怖的子彈瞄準啊。

「……這個有點醜的單發槍嗎——妳可別跟我說因為是塑膠製所以不會被金屬探測器發現什麼的喔？現在這時代都有中國製的無顯影劑塑膠槍違法流落到市面上，還有人把帶槍通過機場海關的胡搞動畫上傳到 YouTube 了。」

「我想豬肯定連這東西的價值也無法理解吧。單發版是類似樣品的東西，連射版是祕密。為了防止被駭客盜走，那點子只存在於我的腦袋中。」

對我露出像小惡魔般笑容的貝瑞塔——感覺並不是在開玩笑。

然而正如她所說，我完全無法理解那玩意究竟哪裡革命性了。

就算假設這把塑膠槍是可以裝上十五＋一發子彈而且能全自動射擊，應該也沒什麼特別優秀的性能才對。

「到了二十一世紀尾聲的時候，全世界的槍搞不好都會變成這個系列的呢。然後不管是華爾瑟還是柯爾特全都會倒閉光光。呵呵！」

不過既然她都講到這種程度了──

或許這把槍果然有什麼優點吧。

某種目前只有貝瑞塔知道的革命性要素。

「也就是說……妳是發明家嗎？像達文西一樣。」

「論槍械方面，我可是比李奧納多・達文西還厲害。」

「哦，真是了不起。那我的槍妳也能夠裝回原狀吧？」

我對稍微阿諛一下就得意洋洋的貝瑞塔確認了一下這點。

「你別小看人。我可是從三歲開始就在組槍了喔？因為家裡的教育方針。」

那是什麼教育啊？呃，畢竟是生在這個家，或許也是沒辦法的事情啦。

──笑咪咪的貝瑞塔因為對我自誇了一堆而徹底變得開心起來了。如果我要拜託她把槍還來，現在是個好機會。

「……我想妳或許也知道，我從明天開始就要到羅馬武偵高中上學。在那裡要是不帶槍，會違反校規對吧？所以拜託妳把它修好，讓我帶在身上吧。就算我想接任務賺錢償還借貸，也需要用槍啊。哦哦對了，學費方面因為是之前繳給東京武偵高中的部分直接轉款過來的關係，規定上就算我辭掉學校錢也回不來喔？換言之，要是妳不讓我到武偵高中念書，就一歐元也拿不回來了。」

順道一提，這些完全是我在騙她的。其實只要主動退學，一段期間之後就會退還部分學費。

然而貝瑞塔大小姐似乎並不知道那樣窮酸的規定……

「學校呀，說得也是，我就讓你去吧。為了讓你去賺錢。不過這把M92跟沙漠之鷹是當成利息，所以是屬於我的東西。至於你的槍嘛……呵呵！那邊的垃圾桶裡有我閒暇之餘造的一把槍，你就去撿出來用吧。」

她對我說出了某部分聽起來很慷慨的這樣一句話。

雖然原本的槍拿不回來，不過這什麼意思？妳要送我槍嗎？忍不住這麼想的豬立刻去翻找垃圾……結果找出來的是……

不知道貝瑞塔為什麼會有的、用免洗筷造出來的……日本竹筷槍……！上面還套有橡皮筋……！

「啊哈哈哈哈！很適合你喔，豬！聽好囉？就像契約書上寫的，現在利息依然一分一秒在增加喔？反正武偵的工作不需要申請工作簽證，所以在你喪命把本金還來之前——你就好好去接學校的任務，用那把槍賺錢歸還利息吧！啊哈哈哈！」

不斷踢擺著小腳腳，用娃娃聲哈哈大笑的貝瑞塔——接著按下桌面上的一個按鈕。發出「嘟～嘟～」聲的那玩意，似乎是內線電話的樣子。

『呃、是，貝瑞塔大小姐。』

從室內喇叭傳出貝瑞塔的部下——艾爾瑪的聲音。

「關於這次的簡報資料，我把設計圖給妳，妳把它加密後送去給總公司。」

『遵命，我馬上過去。』

……在習慣對人頤指氣使的這點上，貝瑞塔大人也跟亞莉亞大人一模一樣。

至少她願意放我到學校去的這件事讓我稍微安心一點了，可是——

（這玩意，學校會承認是槍嗎……？）

我拿著那把竹筷槍，只能無奈低頭了。

繼續在工作室看著貝瑞塔也找不出什麼獲得解放的機會。但蕾姬和莎拉又不會有什麼破綻可尋，我甚至幾乎沒看過她們進行什麼生理活動。

然而人生如果都不行動就什麼事都無法開始。

所以不管什麼內容都好，總之我先找那兩人講講話吧。

然後要從對話中掌握有力的情報。畢竟人說瞎貓亂走也會碰上死耗子嘛。

於是我回到客廳……發現莎拉不知道跑哪裡去了，只剩蕾姬呆呆望著一枚古羅馬的裝飾盤。

「……蕾姬，話說艾馬基現在怎麼了？」

我首先用日文試著對她提出這樣的話題。

「我讓牠在日本的山中自由生活。」

唔，也就是說我不用害怕在羅馬被艾馬基到處追著跑的意思。

既然這樣，我如果扮成克羅梅德爾搞不好就能甩掉蕾姬她們逃走啦。雖然我現在沒有假髮就是了。

「要是牠被誤認為是野狼——或者說牠本來就是狼了——然後被獵友會射殺掉，我可不管喔。」

「艾馬基有受過訓練，能夠射擊到牠的頂多只有我，或是莎拉小姐而已。」

是喔是喔……

「那個莎拉跑去哪裡了？」

在人說世界藝術遺產的三分之一都在此處的羅馬，目不轉睛地凝視著大概是其中一項遺產的蕾姬……美術成績相當好。我想要是我繼續打擾她鑑賞盤子結果惹她不開心也不太好而如此詢問後，她便告訴我「在庭院的泳池，說是要去處分掉舊的箭矢」了。

雖然蕾姬似乎很認同莎拉的實力——不過我個人倒是覺得莎拉才是比較容易找破綻的對手。畢竟她給我的印象稍微比蕾姬還脫線。

而那個莎拉……就站在富裕豪宅的象徵——燈光照耀的庭院泳池邊。在細長型的游泳池一端，拿著比自己身高還要長的長弓。

而在游泳池的另一端——有一塊小小的庭園。庭園中立有一尊戴著帽子的稻草人，胸口上已經插了一支箭矢。

嘰嘰嘰……莎拉拉開長弓，準備射出第二支箭。不過……

這座游泳池的長度大約二十五公尺，稻草人就在另一側的泳池邊。莎拉不可能會射偏才對啊。

正當我這麼想的時候，莎拉「咻！」一聲射出的白銅箭矢「噹！」地刺中的目標——是原本就刺在稻草人胸口上那支箭矢的孔雀尾羽中心。

也就是直徑連一公分也不到的箭尾部分。

（…………）

莎拉是從已經射在箭靶上的第一支箭正後方射中第二支箭。

前面的箭矢後端像花瓣一樣裂開，與後面的箭矢不偏不倚地連結在一起。

這是「續矢」，有點類似以高爾夫來講的一桿進洞，是使用弓箭的人一輩子中能不能達成一次都不知道的神奇招式。在英文中通稱「Robin Hood（羅賓・漢）」。

不過身為羅賓後代的莎拉是照自己的意思辦到這件事情——從第三支箭「噹！」一聲又射中第二支箭就能知道了。好恐怖啊……

「呃～……喂，莎拉，我記得妳是為了錢在工作對吧？既然這樣，妳把這屋子裡那堆美術品偷一偷逃走不是會賺得比較多嗎？」

雖然蕾姬也是一樣，不過被像她這樣的傢伙盯上的話，有幾條命都不夠用。因此我為了讓她離開這棟屋子而試著如此說道。可是——

「信用比錢重要。」

莎拉對我瞧也不瞧一眼，走向泳池邊的稻草人並用英文如此回應。

「哼，那只是為了不讓對方事後賴帳不付佣金而已吧。」

「才不是。這次的佣金全都已經先付完了，這就是我秉持的主義。尤其當委託人會死的情況，一定要先收錢才行。」

「會死……？妳說貝瑞塔嗎？」

聽到我這麼回問——莎拉從稻草人上把變得像一支長箭般串在一起的三支箭全部拔出來，同時點點頭。

「我能夠知道一週以內會死的人。至於一個月以內會死的人我也多多少少可以知道。」

喂……這情報……

瞎貓碰上死耗子也該有個程度吧。

這可不只是「我的債務或許會因此一筆勾銷」那種程度的事情。

然而也沒證據可以證明莎拉說的話是真的。更何況這傢伙現在是我的敵人。

——不要聽信敵人說的話，甚至應該判斷為完全相反才對。我在偵探科是這麼學到的。

「貝瑞塔現在不是活得好好的？我可不相信妳講的。」

「隨你高興。或許你是想要從我口中問出什麼事情，但我知道的也很少，所以你只會白費力氣。而你想要慫恿我做什麼事也是白費力氣。我不會做命令內容以外的事情。給我回去。」

莎拉如此說著……讓格紋裙隨著夜風飄盪……不知道為什麼擋在稻草人前面動也不動。明明她應該已經把箭處分完了才對。

「……妳在做什麼？那具稻草人有什麼問題嗎？」

總覺得有點可疑喔？

我這麼想著並走向莎拉——便發現表情少有變化的她臉部似乎稍微變得有點僵硬。

「沒有問題。這是經過貝瑞塔的許可才立的稻草人。你快給我回去。」

而且她站的位置也稍微往後退了一點點。那麼問題就不在於那具稻草人，而是在附近嗎？她的視線雖然亂飄，不過有點故意往上看。也就是說，地面上有什麼東西了？

於是我在莎拉的腳邊蹲下來……

（……？）

發現在稻草人背後的土壤長出了像蘿蔔苗的東西。不對，那不是蘿蔔苗。是春季種植的……青花菜的新芽。而既然莎拉會那樣試著隱瞞，可見……

「這是妳擅自種的對吧？這樣不行啊，怎麼可以做命令內容以外的事情呢？」

「哇！」

莎拉雖然表情幾乎沒有變化，卻一副慌張想逃了。

「——那是寶塔花菜。用羅馬的土壤種植就會是世界第一好吃的優良品種。哇，別拔呀。」

我為了報復剛才內褲差點被脫掉的事情而伸手捏住新芽，莎拉便立刻慌張起來。活該啦。

「我要拔囉～」

「不要拔，不要拔。」

「那我就幫妳保密，所以妳也幫忙我逃出這裡。妳的實力應該跟蕾姬不相上下吧。妳去牽制她——」

「我絕對不會背叛委託人。嗚嗚，嗚嗚。」

掙扎著究竟要保全職業尊嚴還是保全青花菜的莎拉變得腦袋過熱……

「嗚嗚，嗚嗚。要是你敢拔我就射殺你。反正死人不會講話。」

不妙，她竟然講出這種亂七八糟的發言了。這傢伙的腦袋負荷極限意外很低啊。

「要、要不然，除了幫我逃跑以外也可以，妳找機會幫我一個忙。」

「……如果只有一件，我可以考慮看看。不過我絕不做背叛貝瑞塔的事情。」

「唔唔唔」地滿臉通紅的莎拉接受了這樣的讓步提議，因此——

內褲與青花菜的戰爭就到這裡扯平吧。

蕾姬一到了九點就蹲坐在地上睡著了，但這傢伙的睡眠不能算是睡眠。畢竟只要發生什麼事情她就會馬上醒來，比清醒時的我還要敏銳。

貝瑞塔則是依舊窩在地下的工作室中，傳來叮叮咚咚敲鐵鎚的聲響。

趁這機會，我有沒有什麼事情可以做呢？以前蕾姬那次也是一樣，被軟禁的時候真的很閒啊。

莎拉坐在餐廳桌旁，喝著素食用的青花菜罐頭湯——

「金次。」

嗚哇！拜託妳不要連頭都不轉過來就忽然叫我行不行？嚇死人了。

「什麼事啦？」

「有你的訪客。」

訪客？妳總不會跟我講是死神之類的吧？就在我不禁皺起眉頭的時候……

「……主人。」

我的耳朵聽到從陽臺方向傳來這樣的竊聲呼喚。

「麗莎？」

於是我把頭轉過去，發現在陽臺外面——

身穿水手女僕裝的麗莎抓著柵欄站在夜晚的道路上！

「麗莎……！虧妳能發現這裡啊。」

我趕緊奔到一樓的露天陽臺，隔著柵欄與麗莎重逢。

「麗莎是循著貝瑞塔大人汽車輪胎的氣味找到這裡的。」

我從來都不知道原來麗莎還有這樣的機能，真是做得好啊！這下我至少和唯一的自己人成功會合了，在脫逃行動上是很大的一步前進。

「莎拉，我讓麗莎進來，妳就放過她。麗莎可是一路走了好幾個小時到這邊，基於人道考量，讓她休息一下吧。」

畢竟有剛才青花菜的那件事，因此我稍微強勢地如此要求後——

「……我的任務是**不要讓金次逃掉**。至於什麼人要進來屋裡，我都沒有接到必須排除的命令。但是麗莎，要是妳敢救金次出去我就殺了妳。」

莎拉雖然以前在荷蘭真的一度差點射殺了麗莎，不過現在因為青花菜效果而表現得較為寬容，並沒有做出攻擊。

麗莎也很快就感受出這股氣氛後……

「主人，請問您有好好進食嗎？從最後吃完機上餐點後將近要過一天了。」

「我只吃了一人份的 pizza capricciosa（隨興比薩），而且是自掏腰包。」

「唉呦……那樣絕對不夠呀！以主人的體格來說，一天的必要熱量是一千七百大卡。一般 pizza capricciosa 的熱量是一千大卡，連必須量的六成都不到。莎拉大人，請您允許麗莎今晚為主人準備餐食吧。要是主人沒能攝取足夠的食物而餓死，您卻置之不理——請問這樣會不會等於是莎拉大人讓主人**逃跑**到死後的世界呢？」

我以前也有過很多次經驗，那就是麗莎她──擁有能夠把相當亂來的理論給講通的奇妙說話技巧。而這次莎拉也是即便露出一臉「？」的表情，也依然告訴了我們艾爾瑪每晚十點的時候會為了維修把保全系統關閉一分鐘的事情。

於是我們稍微等了一下到晚上十點後……

在我的幫忙下，麗莎成功越過柵欄，入侵到貝瑞塔家裡了。

蕾姬雖然還在睡，但那與其說是在睡覺，不如應該說是她不在乎麗莎進入屋內吧。

「廚房的食物跟餐具可以自由使用，另外只要是女的也可以叫女僕之類的來使喚──當初貝瑞塔是這樣跟我和蕾姬說的，契約書上也有這樣寫。」

莎拉間接性地對麗莎指示『妳別讓金次餓死』之後，便走上二樓離開了。

我和麗莎兩人打開廚房中裝在牆壁上的冰箱一看……

大概是貝瑞塔也跟亞莉亞一樣都不下廚的關係，裡面都是附近的超市買來的沙拉以及微波食品。

不過另外還有──這是怎麼回事？居然還有各種日本食材。雖然上面貼有亞洲料理食材店的標籤貼紙就是了。

然而這些看起來與其說是買來為了料理，還比較像是為了想嘗嘗看是什麼味道而已的樣子。

當中甚至有或許是不知道該怎麼吃而只咬了一口的油炸豆皮。

在羅馬看到油炸豆皮，實在感覺很奇妙。不過麗莎從櫥櫃中發現雞湯粉之後……

「Mooi，這樣應該可以做類似相撲火鍋的料理呢。」

用溫柔的笑臉對我說出了這樣可靠的一句話。

如今會對我好的人只有麗莎而已了。

就在我描述著從機場到這邊發生過的事情時——麗莎有如施魔法般將吃到一半的雞肉沙拉變成了雞湯相撲鍋，另外還用了大量食用期限到今天為止的食材。

我在廚房旁的餐廳吃到肚子撐了還剩下深湯盤兩盤的分量，當中一盤份是麗莎很優雅地吃掉之後，剩下一盤份就等自然放涼然後冷凍起來吧。

「吃得真飽，總算復活啦。」

「Mooi，能夠幫上主人的忙，麗莎非常幸福……」

只不過是煮了火鍋給我吃這點事情，也讓麗莎由衷感到幸福似地一臉陶醉。

雖然講這種話很不符合我的個性，不過那笑容實在很治癒人心啊。真的只有這傢伙是站在我這邊的。

「現在為了從這個拘禁狀態逃脫——我正一點一點從貝瑞塔、蕾姬和莎拉那邊獲取武器、情報與協助。但畢竟機會應該不會馬上到來，所以改善維持身體狀況也是很重要的事情。多虧有妳讓我達到了其中一項，也就是充分攝取餐食。謝謝。今天能做的事情已經不多……接下來就是睡覺了吧。」

「請不用客氣，改善維持主人的身體狀況也是身為女僕的工作。不過除了用餐和睡眠以外，主人的身體還需要另外一件事情……」

吃完仿相撲鍋之後，麗莎將自己的嘴巴擦得乾乾淨淨。

然後從餐桌邊站起來，用優雅的動作來到我身旁。

她有如楓糖般的甘甜氣味飄來的同時……白皙的手也輕輕放到我肩膀上。

「另外……一件事？」

嗯……？為什麼麗莎緩緩在解開我的領帶？為了要睡覺嗎？

「那就是消除壓力。無辜被抓，在異鄉受到拘禁，想必主人現在心理上受到相當沉重的壓力。所以請盡情使用麗莎——稍微發洩一下淤積在內部的情緒吧。即便只是一時的排解，書本上也有寫到男性的壓力多多少少可以藉此得到消除的。」

我……我雖然聽不懂她在講什麼……但這絕對不是跟女僕小姐拍拍紀念照或者玩玩猜拳遊戲那種小兒科而已。從『使用麗莎』、『男性的』等等關鍵字中，我也能感受到更可怕的東西的冰山一角……！

「畢竟現在似乎沒什麼時間，還請主人原諒麗莎沒能準備周全。在貝瑞塔大人發現之前——看您是要在客廳的沙發，要不然在廚房也可以，將您淤積的壓力全都發洩給麗莎吧。然後將子孫……」

不、不要碰我！那種多餘的改善維持並不需要啦！我本來還以為會對我好的只有麗莎而已——但不需要好到這種程度啊！對我來說那種事情反而會增加壓力而已！

麗莎把臉靠過來，將領帶解開後……北歐女子特有、彷彿本身就會發光的淡金色長髮搔弄著我的臉頰與鼻頭。日本人或南歐人絕不可能擁有的白透肌膚上兩瓣桃色的嘴唇微微張開，吐出溫熱的氣息。

「主人……為了不要被貝瑞塔大人發現，不要打擾到蕾姬大人休息，還請您放低聲量喔。麗莎也會盡量忍耐不發出聲音的……」

伴隨麗莎那甘甜的氣息，透徹的聲音在我耳邊呢喃。嘴唇擦碰到我的耳朵，發燙的額頭磨蹭著我的頭。好、好癢，讓人全身發麻了。

「我、我說妳啊，明明是在別人家，而且附近還有人在睡覺的——」

「呵呵！書本上有寫到，一邊做一邊感受不能被人發現的刺激感，反而可以讓人熱血沸騰呢。」

麗莎平常到底都在看什麼書啦！話說我的狀況是真的不可以讓熱血沸騰起來啊！再……再這樣下去，我會被迫來場深夜的武打練習、關照疼愛啦！

不過我知道對付麗莎時的勝利方程式，那就是**命令**。

只要是我的命令，麗莎什麼都會聽。因此我要指示她去做別的事情才行！

「——麗莎，在、在那之前妳先寄封簡訊給倫敦的梅露愛特，叫她用航空快遞包裹把西裝送到這裡的地址來。只要那樣講她就會知道了。我現在手機被停，沒辦法寄簡訊。」

麗莎在我命令到途中時就拿出形狀像葉子一樣的手機Nokia 7600，表演用右手打簡訊，左手解開水手女僕裝遮胸布的特技。然後……

「好的…………簡訊寄出了！」

「太快了吧……！」

勝利方程式崩壞了！等等、咿！因為她把遮胸布拆掉的關係，豐腴雙峰間的山谷以及疑似包覆那雙峰的蕾絲布料上端荷葉邊都被我看到啦！

麗莎發現我基於本能不小心瞄了一下那部分，頓時雙頰染成粉紅色，害臊地抬起眼睛看向我。甚至用小動物般的感覺追加攻擊了。

要、要是我在這棟都是女人的屋子裡爆發，就會像密室殺人事件一樣引發密室爆發事件啦。那邊的我就有如被放進密閉空間中的殭屍，恐怕會一人不留地全部襲擊。

除了麗莎自是不用說，肯定連貝瑞塔、蕾姬、莎拉甚至艾爾瑪都不放過。如此一來，到事後我就必須自發性地切腹才行啦！

但我又想不到什麼新的作戰計畫，只能重新再試一次勝利的方程式了！或許剛才的方程式計算上有出錯也說不定！

「呃～呃～對了！同學會！麗莎，妳原本也是伊．U的成員對吧！那妳有沒有收到夏洛克寄來關於同學會的信？」

「是，麗莎是有收到沒錯……」

「我忽然感到有點在意那個內容！我們一起讀信吧。」

稀世的名偵探夏洛克．福爾摩斯或許也沒想到自己寄的信會被我利用在這種事情上吧。雖然照他的個性，搞不好有條理預知到就是了。

——勝利的方程式經過這次驗算，總算發揮了功能。

於是麗莎打開大概是為了節省行李而拍照存在手機記憶體中的信件，我則是從旅行箱中拿出被塞得皺巴巴的信，各自讀起來——

現在必須趁讀信的這段時間思考出讓麗莎把夜伽開關關掉的方法才行。正當我這樣想的時候……

「呃，這是啥？舉辦日就是下下週了嘛。而且場地是在科爾索大道——就是在羅馬啊。」

這下看來夏洛克甚至連我會被流放到羅馬武偵高中的事情都推理到了。

既然知道就早點告訴我嘛。像是我會留級之類的。

「咦？麗莎的日期不一樣呢。這邊的日期比較晚，而且場地也不一樣。」

……啥……？那是怎麼回事？太奇怪了吧。

不過畢竟是那個怪叔叔夏洛克舉辦的聚會，所以就算奇怪也不奇怪了。

這麼說來，貞德把這封信交給我的時候，態度上也沒有「下下週就要舉辦了，你早點讀」的感覺。換言之，貞德知道的或許也不是這個日期。

那個夏洛克……到底在打什麼鬼主意。

他究竟想利用我們做什麼事情？

「你到底想做什麼事情？」

嗯？怎麼我腦袋正在想的話從一旁傳到我耳朵了？是洛嘉小妹妹嗎？不，不對。

——是貝瑞塔小妹妹！

「我正覺得肚子有點餓就跑上來一看，沒想到你竟然！」

用力扯我的耳朵讓我離開麗莎面前的人，正是連這種行為上都跟亞莉亞很像的貝瑞塔．貝瑞塔。看來她誤以為是我才剛到這裡就帶女人進來做不乖的事情了。雖然大致上這樣講沒錯啦。

「痛、痛啊！耳朵、耳朵要被扯掉了！不要拉！人類的耳朵其實意外地很容易會被扯掉啊！」

「——那我就當作利息把它扯下來吧？這隻色豬！」

貝瑞塔氣憤得用力拉扯。而且她一邊抓住我耳朵，還一邊從上衣中拿出短鞭「啪啪！」地抽打我的屁股。

「然後呢？妳到底是誰！剛才在機場也有看到妳，是amante（情婦）嗎？瞧妳身體長得這麼不檢點！」

大概是從一開始就看麗莎——那對胸部很不爽的貝瑞塔，用短鞭戳著麗莎的豐腴身體，並抬頭瞪向她。

而麗莎不知道究竟在高興個什麼勁，用『主人您聽，她說是情婦呢』的嬌羞眼神望向我。那反應不對吧。

於是我伸手指著麗莎身上的水手女僕裝，對貝瑞塔說道：

「妳看她身上穿女僕裝也該知道她是什麼人吧！」

「又像女僕裝，又像水手服，又像情婦，曖昧不清！會通融接受這種曖昧表現就是日本文化教人感到奇怪的地方。給我明確一點！」

「她剛剛幫我做飯啦，所以很明確就是女僕啊！」

我說著，把剩下一盤份的雞湯相撲鍋從廚房流理臺拿來，「碰！」一聲放上餐桌。

「像隻豬一樣就只會吃，而且還擅自吃我冰箱裡的東西……嗯……這是什麼料理？是日本食物呢。豬，給我解說一下。」

「這是相撲鍋。」

「相撲鍋是什麼？」

包含剛才「切自己肚子」的事情也一樣，看來貝瑞塔似乎對日文以及日本文化相當有興趣的樣子。她一邊對我生氣，又一邊認真地瞧著盤子裡的東西，想搞清楚什麼是「相撲火鍋」。因為她把上半身趴在桌子上，一頭飄逸的秀髮蓋在她穿白衣的背上，像披風一樣。

「就是相撲選手為了讓身體變大而大量食用的典型料理。」

「讓身體變大！」

貝瑞塔原本就很大的眼睛又睜得更大，並用力抬頭看向我。難道她對自己身材嬌小的事情感到很自卑嗎？真的是義大利版的亞莉亞啊。這下根本就像是「請找出兩者有何差異」的益智遊戲了。

「另外因為相撲比賽是讓手碰到地上就輸了，所以是用前肢沒有著地的雞當成食材以祈求好運。」

「Mamma mia……真是有趣。」

貝瑞塔從白衣的內側口袋又再度掏出筆記本，把我說的話抄寫下來。接著拿起喝湯用的勺子……吃了一口還溫溫的相撲鍋。

「……Buono（真好吃）……！原來如此，油炸豆皮要這樣料理呀。」

這狀況讓我和麗莎頓時回想起以前在福爾摩斯家討好梅露愛特的經驗——

「妳似乎對日本很有興趣的樣子嘛。」

「如果是日本料理，麗莎每天都可以做喔。請問可以藉此減輕主人的借貸嗎？」

「呼啊諾呼啊咿呀。」

「不要那樣狼吞虎嚥的……東西吞進去再講話。」

於是貝瑞塔「咕嚕」一聲把食物吞進去後……

「好呀。不過頂多只是填補借貸的利息而已喔，本金不會減少。義大利的法定上限利息可是比日本還要高的，妳就為了我做牛做馬吧。」

哦哦……！好，這下看來至少可以讓站在我方的麗莎留在這裡了。

而且麗莎還能幫忙多多少少減輕像滾雪球一樣不斷增加的利息。

新的光榮方程式就此誕生。要是我闖了什麼禍，麗莎就會幫我善後。雖然這方程式中閃耀的人只有麗莎就是了。

第一次遇到麗莎的時候，我在地下道救了差點死掉的她真是太好啦。

「謝謝您，貝瑞塔大人……！麗莎是主人的忠臣，而既然主人是貝瑞塔大人的債務人，那麼麗莎就像是貝瑞塔大人的陪臣了。如果您願意放過主人的性命——這段期間麗莎都會照您吩咐做日本料理給您吃的。」

「既然妳這樣想，就給我好好工作。對了，麗莎妳會做『手工便當』嗎？就是把一口分量的各式 à la carte（單點料理）裝在小小的可愛橢圓形盒子裡的那種。好像是到學校或遠足的時候吃的東西。」

「那當然！」

原本態度敵對的貝瑞塔也漸漸被麗莎拉攏了。

而且靠著剛才一拍接一拍通過的理論——『貝瑞塔的部下＝金次。金次的部下＝麗莎。因此只要把金次收為部下，麗莎也會是部下。但如果金次不在了，麗莎也會離開。』——順勢讓我今後不會再被要求切腹了。

上次在布魯塞爾是我救了麗莎的性命……

而這次在羅馬換成麗莎拯救了我的性命。

這就叫——善有善報，與人為善必自益啊。

2彈　吾之學舍在鍋底

在貝瑞塔的嚴格命令下，我和麗莎被分配到了不同的寢室。

畢竟「把公母倉鼠放在同一個籠子裡就會自然增生呀～」的白雪生物學在人類也有可能發生的關係，所以不讓符合生殖年齡的男女同房共寢是很理所當然的事情。可是……貝瑞塔似乎對麗莎的生殖能力特別警戒，為了讓我夜間不要跑到麗莎的地方去，甚至堅持要親自監視我。

也就是好死不死竟然要我睡在貝瑞塔的房間。

那樣以白雪倉鼠學來講也很不妙吧！雖然我如此著急了一下，不過貝瑞塔除了地下工作室以外還有一間寢室，是把原本四間房的樓層牆壁整個打掉形成的大房間。空間上不像倉鼠籠那麼擠，可以彼此拉開距離，因此也不用害怕我和貝瑞塔會自然增生了。

話雖如此，但房間裡的床鋪只有深處一張，於是我只能睡在隔一段距離的洗手臺旁地上——拋光的大理石地板。簡單講就是我受到必須睡在石頭上的虐待了。

就這樣，我在羅馬迎接的第一個早晨……

（……？總覺得、有股好香的氣味……）

是在彷彿把橄欖的氣味中芳香的部分濃縮起來、讓人不禁會流出口水的美好香氣中醒了過來。

我在昏昏沉沉中微睜眼睛，發現視野一片紅。

這可怪了。難道羅馬的朝陽是紅色的嗎？

（怎麼回事……？好像、有什麼東西、蓋在我臉上……？）

現在我的鼻子和右臉頰被某種溫熱的物體覆蓋著，包含雙眼在內的頭部則是被帶有透明感的紅色薄布蓋著。這是什麼？

雖然那種東西只要拿下來用眼睛確認就好，但即便是我這個「智」也辦不到這種事。

因為在微紅色的視野中，我看到貝瑞塔大小姐正在洗手臺旁「嘩啦嘩啦」地清洗她的臉蛋。身上是紅白條紋、乍看之下很像是比基尼泳裝的——

——內衣打扮！

（……嗚……！）

繼香港的猴與紐約的金女之後，在羅馬讓我發現第三位條紋內褲使用者啦。不對，現在不是發現的時候。要是我發現的事情被對方發現，可是會被槍斃的。這樣一來稀世的長壽節目——遠山金次的世界尋奇大發現就要迎接最後一集了。

一大早就遭遇困境的神祕探訪者金次，接著推理出蓋在自己臉上的應該是貝瑞塔脫下的寢裝「背帶裙睡衣」。然後放下超級金次君人偶（註1）……的動作我也辦不到。因為要是我醒來的事情被發現就會遭到射殺啊。再說我根本沒有人偶。

根據我以前明明不想知道卻被理子強迫灌輸的知識，這個『背帶裙睡衣』是外型類似吊帶背心的內衣。下半身的內褲需要另外穿著，不過是否要穿胸罩則是根據設計——而現在這件是不用另外穿的類型。至於我為什麼會知道，是因為蓋在我鼻子與右臉頰上的物體正是包覆胸部用的軟罩杯部分。

（換句話說，這是貝瑞塔的、胸、胸部一整個晚上直接接觸的部分啊……！）

之所以會溫溫的，是、是因為她才剛脫下來而已。

居然把這種東西脫下來丟在別人臉上……居然把這種東西……我不禁流出的淚水立刻被罩杯吸收了。具有保溼、吸汗性的絲質背帶裙內衣，充滿就連汗水也很高貴的貝瑞塔大小姐如花香又如奶香的氣味——

（……呃，不妙！我不可以把注意力集中在自己比一般人還要敏銳的嗅覺上啊！）

嗅覺是五感中最為原始性的東西，對本能——也就是對爆發性血流的影響非常大。我必須專注在其他感覺上，撐過這股香到教人幾乎昏厥的氣味才行。

於是我把注意力轉移到微微睜開眼睛的視覺上。

註1　日本長壽益智節目《日立世界尋奇大發現》中會以模仿主持人草野仁外型的「仁君人偶」以及「超級仁君人偶」當成猜題者的計分道具。

這選擇乍看之下似乎很危險，不過貝瑞塔的體型與其說是女生還比較像是小女孩，因此她本身的爆發引誘性很低。

另外，我只要看到那傢伙稍微不注意就能立刻逃跑——專注在視覺上就是這樣攻防一體的選擇。

「A...llora.（嘿……咻。）」

但她為什麼偏偏要在這時候調整胸罩啦！

我一時以為會從貝瑞塔自己拉開的縫隙間看到她的胸部，嚇得心臟差點炸開。不過……SAFE。布料的陰影讓我什麼也沒看到。

而剛才這一幕也讓我發現——貝瑞塔的胸罩因為沒什麼東西能收納在裡面，顯得很單薄。

不使用偽裝胸罩的部分倒是比亞莉亞乾脆得多了。正當我這麼想的時候，她卻拿起化妝刷在雙峰間「沙沙」地刷上了粉影。顏色比她原本白皙的皮膚稍濃一些，是讓人在視覺上看起來彷彿有乳溝的技巧。好狡猾啊。

另外，那傢伙穿的胸罩是扣子設計在胸部中央的前扣式胸罩。這是亞莉亞也很喜歡穿的構造。為什麼胸部貧民會愛用前扣式胸罩？以前同樣是理子強迫灌輸的知識是說『因為如果沒有足夠的肉勾住胸罩，把手繞到背後要扣上扣子的時候就會發生前面的胸罩往上位移到脖子的悲劇呀。嘻嘻嘻！』的樣子。

洗手臺上雜亂地放著各種小東西，當中甚至有十字架項鍊……但貝瑞塔沒有選擇那個，而是拿起貝瑞塔公司的戰術筆。那東西平常是當成原子筆使用，不過前端有硬質的尖銳筆套，是緊急狀況時也能拿來當峨嵋刺的隱藏武器。

我基於保安上的理由想知道貝瑞塔會把它藏在內衣的什麼地方而專心注視，卻是我最大的失敗。

貝瑞塔想要把戰術筆夾在自己的乳溝，但因為她根本沒有乳溝，結果演出了戰術筆「啪」一聲掉到地上的可悲搞笑劇。

「噗！」

最後在現場就是忍不住笑出來的我──

「！」

以及頓時滿臉通紅把頭轉過來的貝瑞塔了。老天。

──從今天開始，我就是羅馬武偵高中的學生。

後來貝瑞塔罵著「區區一隻豬竟敢偷看主人換衣服！」並猛踹我的事情，就先擺到一旁……

梅露愛特寄來的航空包裹（FedEx）趕上了。

畢竟從倫敦到羅馬靠飛機只要三個半小時而已。

我請她寄來的是之前在倫敦穿過之後就丟在貝克街福爾摩斯家的那套黑色西裝。

羅馬武偵高中所謂的『防彈制服．NERO（黑）』其實說是制服不如說是制色，只要穿全身黑色的防彈西裝就沒其他限制。

黑色據說是代表『不會被任何顏色暈染的真誠心』的意思，不過同時也是在夜戰中比較有利的實戰性顏色。真是恐怖呢。

「話說妳學校方面要怎麼辦啊？」

我對幫我把武偵徽章從原本的制服換到西裝左袖的麗莎如此詢問後……

「麗莎在東京武偵高中以及函授教育制的通信武偵高中，已經拿到足夠畢業的學分了。不過因為還沒參加過等級測驗，所以預定下個月在羅馬武偵高中應試。」

她露出一臉笑容這麼回答我。明明不久前才剛入學的，居然已經湊足了學分，真快啊。

話說難道武偵高中其實很簡單就能畢業了嗎？是我特別笨嗎？

「遜斃了，你那是什麼西裝嘛。」

剛才對我發動過七十六發踩踏技的貝瑞塔，看到麗莎幫我調整著領帶的這套純英國風西裝，頓時皺起眉頭。

在英國雖然普遍認為保守而傳統的西裝穿起來比較帥氣……然而在義大利則是認為融入流行要素的漂亮西裝比較性感。看來以前美濱外語高中老師說的這件事果然是真的。

「囉嗦，我黑色的衣服就只有這套啦。另外就是像前日本陸軍制服一樣的立領裝而已了。我才想問妳，不戴十字架沒關係嗎？這裡羅馬應該是天主教的大本營吧？」

我因為被嫌身上穿戴的東西，於是也以身上穿戴的東西如此反擊。

結果穿著黑色夾克配上時髦迷你裙——有如小孩子假扮成大人的貝瑞塔大概是剛才換裝被我看到的事情又閃過腦海的緣故，立刻露出火大的表情……

「上帝連一歐元都不會給啦。那十字架是我的級任老師給的，但我平常都不戴。只有去教會的時候才會戴。」

哦，就像在日本的念珠一樣是嗎？

「妳既是拜金主義者又是無神論者啊。聽好囉？這世上也有金錢買不到的——」

「衣食足而後知禮節，這可是你國家的諺語。雖然有錢不一定能使人幸福，但沒有錢一定會變得不幸。就像現在的你。」

貝瑞塔明明是個小不點卻挺起胸膛露出睥睨我的眼神。

呿！有錢人就是這副德行……

「現在可沒時間跟妳講廢話，再不快點就要遲到了。我們連早餐都還沒吃啊。」

「你在急個什麼勁啦，豬。早上喝杯咖啡就夠了呀。」

貝瑞塔一如餐食教育不成體統的歐美人，看來沒打算吃早餐的樣子。

那就是說我也沒早餐可吃了嗎？或者因為是豬所以應該要說沒有早飼料可吃才對？

雖然在義大利同樣是通常十八歲以上才能考汽車駕照，但貝瑞塔十六歲就已經有了武偵駕照……於是載著我和蕾姬&莎拉，今早也堂堂開著法拉利上學了。

因為年齡上的關係，我本來還疑惑自己在義大利究竟會是幾年級生。不過義大利的高中基本上是十四歲～十九歲的五年制，結果在日本是高二的我被分到了高三，有種賺到的感覺呢。

羅馬武偵高中是全世界第一所創立的武偵高中，因此是相當有名的名門學校。跟無法回歸社會的廢人量產學校——東京武偵高中不一樣，在這裡應該可以接受正常的學校教育才對。

（雖然現在淪落為虐待狂大小姐的寵物……不過我這次在這地方一定要好好享受充實的學校生活……！）

另外，在武偵高中除了念書之外也能工作。

就算利息部分有麗莎多少幫忙消解，但為了把貝瑞塔借的本金全數奉還，我也要努力賺錢才行。

雖然讀書跟勞動都不是讓人會積極想做的事情，可是畢竟這兩項分別跟對卒與借貸——也就是跟我自身的性命息息相關。

所以在羅馬武偵高中，這兩項問題我都要邁出通往解決的第一步。

如此充滿幹勁的我……因為是留學生的緣故，所以被安排了約一個月只需接受一般學科課程的**熟悉期間**。結束後再參加武偵等級測驗評定實力。

對於立志考大學的我來說，能夠專心在一般學科真是幸運的一件事。反正不管在日本還是義大利，物理就是物理。雖然我家老弟說過『物理法則是女的啊，對老哥特別好』這種話，但我其實每次物理成績都在不及格邊緣，對我一點都不好。說到底，女人根本不會對我好啊，就像這位貝瑞塔一樣。

「本來還聽說我的班上──三年E3班今天會轉來一名從日本來的留學生，原來那就是指你呀。恭喜你囉，豬。我們班的級任老師是日僑，而且是個非常漂亮的女性呢。」

呃！那對我而言完全不是什麼好消息。我被分到女性教師班級的機率未免太高了吧。而且還跟貝瑞塔同班，這也是我天生女運差的緣故嗎？

在清爽到讓人不會在意粗魯駕駛的羅馬五月陽光中──

貝瑞塔的法拉利抵達了位於羅馬郊外的喬久內。

建在綠意盎然的校地中、外觀方正的大樓──名校‧羅馬武偵高中……

……好……好破舊。

裝飾有武偵徽章的正門相當老朽，到處掉漆生鏽。大概是清掃隨便的關係，外牆都被汽車廢氣燻黑卻放著不管。雖然義大利人的民族性或許就是不太會在意荒廢感，但這實在讓人難以想像是培育前途無量的青少年的設施。

（這就是、羅馬武偵高中……簡直像是第三世界的軍事基地啊。）

我一下車便忍不住湧起不好的預感。

而且貝瑞塔還命令蕾姬&莎拉在學校也要繼續拘禁我。

她們兩人採隔日輪班制，今天是由莎拉負責，不離開學校附近。

蕾姬則說她要到羅馬市內的美術館參觀。還真優雅呢。

「來吧，豬。我們的教室在這邊。」

通往校舍大廳的路上，兩旁種植的矮樹都微微枯萎，沒有好好照料。入口雖然是自動門，但軋軋作響無法開得很順。

進去不需要脫鞋子、四周看不到什麼人的走廊——好髒，到處可以看到垃圾和灰塵堆。我想應該不是完全沒在打掃，只是清掃頻率很低的樣子。另外大概是為了簡省電費，電燈都沒有點亮。雖然因為有日光所以沒什麼大礙，可是也太昏暗了吧。

我和貝瑞塔的教室似乎是在這棟從上空看下來呈現十角形的校舍內側、像鍋子底部邊緣的半地下樓層。

於是我們為了下樓而來到電梯大廳時，我終於忍不住暈了。

（這簡直誇張到極限啦……）

電梯居然沒在動。

總共六扇電梯門上，全都貼有寫了『Guasto（故障）』的紙。不，只有一臺還在動，打開了電梯門——

「喂，電梯壞成這樣你們都不在意嗎？」

我指著其他電梯如此詢問貝瑞塔，結果……

「有什麼問題嗎？有一臺還可以用呀。」

貝瑞塔反而對我露出疑惑的表情。

其他同乘的學生們看起來也沒感到不方便的樣子。

……難道在義大利，這是很普通的現象嗎？不在意小細節也該有個限度吧。

話說——因為周圍沒幾個學生，讓我發現得晚了。都是貝瑞塔開車慢吞吞的關係——現在已經是上課時間的九點了。豬同學才轉來新學校第一天就遲到啦。

來到半地下樓後，我們走向教室的方向……

……呃、奇怪？怎麼還有一群學生聚在走廊角落的自動販賣機附近？

各位同學，已經上課囉……？

「早安，貝瑞塔。」

「早安～」

如此用笑臉和女學生們打招呼的貝瑞塔大小姐也是……悠悠哉哉從她的寶格麗錢包中掏出一歐元硬幣，買了一份紙杯裝的加糖加奶咖啡。

「喂，現在已經遲到了，沒時間讓妳慢慢喝什麼咖啡啊……！」

面對焦急地原地踏步的我，貝瑞塔卻皺起眉頭。

「我說你喔，不喝杯卡布奇諾早上怎麼來啦？」

「地球自轉就會來了啊！E3的教室在哪裡？」

我不停交互看著手錶和走廊——但貝瑞塔卻完全不理我，還「早安～」「欸妳知不知道？」「知道什麼？」「這次F1在馬克西穆斯競技場的義大利錦標賽呀……」地和女生們聊天。

不過人說燭台底下黑，我發現E3教室其實就在近處，於是……

「貝瑞塔，我們已經遲到五分鐘啦！」

我拉起貝瑞塔的小手，不理她一臉「？」的表情——

「早、早安。抱歉我遲到了，我是今天轉學進來的遠山……」

著急地打開教室門，向裡面打招呼。

「喵咕！」

——喀嚓！

痛痛痛！我還以為自己又被貝瑞塔咬了，但其實不是。

是教室裡一隻淡褐色的動物張口咬住我的小腿。看起來像小貓……可是不對，耳朵圓圓的。

「喵咕！喵咕！」

「痛！痛痛痛！這傢伙是啥啊！」

這隻像貓的動物用牠莫名尖銳的牙齒和爪子緊緊固定在我小腿上。

我因為太過突然而一屁股摔在地上，而貝瑞塔則是嘻嘻笑著低頭看向我。

「這孩子叫阿蘭，是隻小獅子喔。」

「獅子！痛！為、為什麼教室裡會養獅子啦！」

小腿一直被咬的我在地上滾來滾去才總算甩開小獅子後——

「是從布拉格來的馬戲團養的獅子生了小孩，但因為資金不足無法飼養而拋棄，所以武偵高中基於愛護動物的精神收留下來了。阿蘭很怕生的呢～乖呦乖呦。」

貝瑞塔說著，抱起小獅子撫摸牠的脖子，用符合她少女的年紀，但絕對不會對我露出的超可愛笑容。能不能請妳把那份溫柔稍微分個百分之一給旁邊搖搖晃晃站起身子的豬啊？要不是我穿的是防彈褲，現在小腿早就被咬斷啦。難道就算我被吃掉也無所謂嗎？生命不是平等的嗎？

「我就是為了想早點看到這孩子，今天才會這麼早來的。」

「早來……？」

上課時間早就已經到了啊。

我拍掉黑褲子上沾黏的橘色獸毛，並轉頭環顧教室……

發現雖然有雜亂擺放的書桌和椅子，卻沒有其他學生。

獅子的阿蘭，難道你是學生嗎？

（難不成是我已經淪落到必須跟動物當同學的等級了嗎……？）

而且明明有白板和講桌，卻看不到老師的身影。

於是我在教室內隨便找了一個座位坐下，東張西望地看向窗戶、時鐘與教室門——然而即使到了九點半，還是沒有半個人來。只有貝瑞塔一直在跟小獅子玩耍。

後來幾乎要到十點的時候……

「早安～」

才總算有一名白人學生嘴上咬著牛角麵包走進教室。是個體型像球一樣，胖到快要把身上黑色的西裝背心都撐爆的男生。臉蛋也很胖，導致眼睛、鼻子、嘴巴等等部位看起來就像是集中在臉部中央。

那傢伙一看到我，便「啊～啊！」地仰天叫了一下後……

「你就是老師說過那個從日本來的轉學生吧？我叫拉斐爾，請多指教！」

露出一臉親切的笑容和我握手了。

拉斐爾是吧。體型和名字的反差還真大呢。

「我叫遠山金次。在日本是先叫姓再叫名的。話說你看到我好像很失望的樣子……是我有什麼問題嗎？如果服裝之類我有什麼做不好的地方，就跟我講吧。」

「哦！雖然有點西西里腔調，不過你義大利文很溜嘛。其實也沒什麼，只是老師到最後都沒告訴我們究竟新來的是男生還女生而已啦。至於服裝嘛，嗯，還可以啊。」

哦哦，原來是那種事情。你比較希望是女生來就是了。

「……另外我想問一下，上課時間是九點開始吧？可是現在除了你、我和貝瑞塔以外都還沒有人來。難道因為夏令時制的關係連上課時間都變了……？」

拉斐爾在我旁邊的位子坐下來——座位似乎沒有指定的樣子——並聽到我不安地如此詢問後……

「九點？哦哦，我是搭公車上學的，**路上有點塞車**。」

把位於臉部中心微微偏右的右眼對我眨了一下，並從黑色書包中又拿出一個麵包。

……不對，路上明明就很空啊？

話說，他回應的態度怎麼感覺一副對這種事情超級無所謂的樣子。明明都遲到快一個小時的說。

「我原本聽說轉學生是個很強悍的傢伙，但似乎並不是那麼一回事……呃不，我的意思是你看起來不恐怖，讓我安心多了。畢竟老師開玩笑說你以前是強襲科的S級啊。」

就在個性溫和的拉斐爾一邊嚼著麵包一邊對我這麼說的時候——又有其他學生走進教室了。

這次是化妝得莫名濃豔的兩名白人女生。將一把看起來很難用的古羅馬風雙刃劍掛在黑色皮帶上的短髮女生，以及將紅頭髮綁成麻花辮、看起來有點懦弱的女孩。

她們一看到我就表現出跟剛才拉斐爾完全相反的態度，「好耶……！」「嘩……！」地發出開心的聲音。接著……

「我叫齊雅拉喔。」

「我叫安娜瑪莉亞。」

她們分別把桌椅拉到我座位附近，愉快地向我打招呼。

「哦、哦哦，我是金次。」

因為那兩人都還算可愛，害我緊張得只簡短回應後——

「這傢伙是被日本放逐的問題學生啦。雖然看起來稍微像個武偵，但實際上是個犯罪者。是惡徒，是日本黑道呀。而且還是個變態，妳們要小心點。」

貝瑞塔豎起食指，皺著眉頭如此警告齊雅拉和安娜瑪莉亞。

「喂，貝瑞塔，妳不要一下子就灌輸同班同學那種會破壞我印象的話！我毫無疑問是個武偵，也有證照啊！」

「什麼啦，豬？我是發自內心在提醒她們兩人注意呀。你可是向人借錢又不還的小偷。小偷就是犯罪者。我有說錯什麼嗎？」

「那是……嗚……那先擺到一旁，妳說我變態是什麼意思！」

「你今天早上不就偷看我換衣服了！趴在地上，還蓋著內衣！」

「那、那是——是妳自己把內衣亂丟，丟到睡在地上的我身上啊！」

就在我和貝瑞塔你一言我一語地爭執時——

齊雅拉和安娜瑪莉亞彼此互看一眼，然後……

「嗯？意思是你們今天早上……醒來的時候在一起嗎？」

「金次是貝瑞塔的情人嗎？」

竟對我們提出了這樣的疑問。

「才不是啦！不是不是不是！Mamma mia！」

貝瑞塔頓時滿臉通紅，擺出擲球入場般的動作大叫起來。

不過大家似乎都知道這傢伙容易發飆的個性，而表現得不怎麼驚訝，甚至流露出大人靜靜觀望小孩子胡鬧的感覺呢。

「呃……我們先不講貝瑞塔的事情。齊雅拉，安娜瑪莉亞，現在上課時間已經超過一個小時了……」

「嗯？時間？是呀，路上塞車嘛。」

「對，路上塞車。」

怎麼她們兩人也用跟拉斐爾一樣的理由回應我了？連毫不在乎的態度都一樣。看來……「九點開始上課」這項規則本身是存在的，但大家平常都很習慣遲到的樣子。包括老師也是。而「路上塞車」雖然並非事實，不過義大利人被問到遲到理由的時候似乎都固定會這麼講。

後來又有兩名男生走進教室。因為羅馬武偵高中採用的是一班十人以下的少人數多班級方針，所以這就是三年E3班的全部學生了。

把頭髮剃光、全身肌肉的埃及裔義大利人，叫法蘭西斯科。這男人因為留級了兩次，是比我年長的十八歲。在義大利屬於很少見的大塊頭男性。雖然我想他應該沒有惡意，可是常識不足……

「明明是日本人卻沒有戴眼鏡又沒有暴牙……跟我的印象完全不一樣。我說金次，你會忍術嗎？」

甚至會一臉認真地對我提出這樣的疑問。包括貝瑞塔的切腹也好，義大利人似乎對日本的事情知道得很少呢。

但反過來想想，我自己也是對義大利幾乎一無所知就跑來這裡的。雖然只是草根階級，不過我今後就來努力促進國際間的相互理解吧。

「……大家，早安……今天黃色的太陽強迫我出門了……」

另一位嘀嘀咕咕說著這種充滿詩意的話語，一頭天然捲黑髮留得長長的學生，是名叫丹尼爾的瘦男子。據說他身體虛弱經常缺席，不過今天是因為或許會有女生轉學進來所以努力來上學的樣子。對不起喔，我是個男的。

——然後大家都從走廊的自動販賣機買了甜咖啡回來，在教室嘰嘰喳喳地聊天。

畢竟老師還沒來也無事可做，於是我也稍微加入他們的圈子……

結果義大利人的民族性似乎很容易親近人的樣子，不知不覺間變成大家圍繞著我了。

「今天午休來舉辦金次的歡迎會吧。一邊享用美味的食物。」

「好耶好耶！人家難得從日本遠渡重洋過來，要好好招待才行。要不然會被認為義大利是個冷淡的國家啦。」

就在似乎是個饕客的拉斐爾與個性上是體育系的法蘭西斯科，如此熱烈討論的時候……

「大家都是在鍋子底的E級武偵，就彼此切磋努力吧。」

丹尼爾從長長的瀏海間露出陰沉的眼神，對我這麼說道。

「呃……這班上大家都是E級嗎？」

我不禁有點驚訝地詢問後……

「對呀。E3的E就是E級班的意思。」

齊雅拉很明確地告訴我這樣的事情。

同時因為她交抱雙手而彈動了一下才讓我發現，這傢伙明明很男性化，胸部卻很大。我要小心才行。

「羅馬武偵高中是根據武偵等級分班的喔。」

接著不需要交抱手臂我就知道、因為體型微胖所以胸部也很大的安娜瑪莉亞這麼告訴我。

「那貝瑞塔也是E級嗎？」

感到有點意外的我如此詢問貝瑞塔。

從她的各種發明以及工作室的樣子看起來，我本來還以為她是裝備科S級——因為有人數限制所以很難講，但至少也會是等待S級空缺遞補的A級武偵才對。

「**現在**是那樣沒錯。」

貝瑞塔用似乎對武偵等級什麼不太在意的感覺如此回應我。

另外這傢伙就算交抱手臂，胸部也絲毫不動。原本就沒有東西，當然不會動了。

「貝瑞塔原本是S級的啦，裝備科的。」、「以前還獲頒過羅馬武偵高中的最優秀武偵獎喔。」、「不過她說『正因為不懂的事情才值得學習』，就轉到車輛科去了。」、「真是了不起呢。」、「那樣高的志氣，讓我相當尊敬。」

愛講話的E3班同學們紛紛像在炫耀自己的事情般，告訴我這些關於貝瑞塔的情報。

「那、那種無關緊要的事情，沒必要講出來啦。」

貝瑞塔頓時害臊起來，不過……

原來她跟我一樣，是S↓E的降級夥伴啊。雖然我是單純被踢下來的啦。

「唉呀，確實……武偵等級什麼的根本無關緊要。畢竟在決定方式上也有很多不透明的部分。」

學生的武偵等級……是各國的武偵培訓學校按照像字典一樣厚重的國際規則書進行考核的。

然後根據這份有額外考量到學生專門學科成績以及任務經歷而得出的評價，向各國行政委員會申請……最終才由政府機關發行證照認可。

話雖如此，但這規則其實在全世界都尚未成熟。一方面因為武偵制度本身就是還很新的東西，各種考量不周的地方也很多。再說，把強襲、諜報、通信、後勤、衛生等等各類武偵技術全部統一分級，又要讓那樣的等級全世界通用，本來就不是容易的事情。

簡單一言以蔽之，就是『其實等級決定得意外粗枝大葉』。

現行的武偵制度是參考軍隊的階級制度進行大致上的分級後，在錯誤嘗試中調整平衡，算是仍在發展途中的制度——因此我們就算被歸類在武偵金字塔的最下層——E

級，也不代表我們就是廢物。問題是出在制度上才對。

（不……）

這個E3班的學生們真要講起來，還是多多少少有種不太會工作的感覺。畢竟他們全部上課都遲到啊。

而我自己本身也是個面對占世界人口半數的「女性」這個種族，沒辦法好好交談溝通的社會淘汰者。原來如此，這裡是問題兒童收容所啊。

話雖如此，不過大家感覺都不壞。對來路不明的我能夠如此表示歡迎，態度友善而溫和。大概也是因為採小班制的關係，有種像小隊一樣的團結感。哪像在日本，我即使在同班同學之中也有好幾個人的長相跟名字無法湊在一起。

後來到了十點左右——

「大家～早安～」

老師才總算開門進來，而且一點也不愧疚。

E3的教室似乎莫名通風，結果乘著窗戶吹進來的風，那位女老師戴的頭紗竟然朝我飛來。

然後很不幸地，剛好蓋在把頭轉過去看老師的我臉上。

「……嗚……」

嗚哇！好成熟的氣味。甜而妖豔，就像砂糖加得很濃的牛奶一樣。

等等……嗯……？這……這個氣味……我好像有印象喔？

「——梅雅？」

我從臉上拿下今日第二度的薄布，看向教室門的方向。

「遠山同學，好久不見。」

梅雅・羅曼諾——極東戰役中身為師團的夥伴，與我一同戰鬥過的梵蒂岡代表戰士——對我露出宛如聖母般的微笑。

「因為你的手機不知道為什麼打不通，結果變得像是驚喜重逢了呢。」

把聖經抱在腋下，用單手輕輕劃十字的梅雅……確實如貝瑞塔所說，是個日裔義大利人。我記得她的名字還可以寫成「明夜（Meiya）」這樣的漢字。

「那是因為我沒付電話帳單結果被停掉了。話說，原來妳當上老師啦？」

梅雅去年應該還是羅馬武偵高中殲魔科五年級的學生，看來她在畢業同時便就任教職了。

然後因為是新老師，就被派來當E級班的級任老師了是吧。

「是的。當我看到轉學生的名字時，當下就認為這是神的旨意了。沒想到可以和遠山同學再相見呢……！」

嗚喔……！有顆淚痣看起來很性感的梅雅，大概是基於羅馬風格的打招呼方式……用她那對甚至連寬鬆的修女服都快要撐破的巨大胸部緊緊抱住了我！

因為我是坐著，結果我的臉部——雖然驚險躲開，但臉頰與頭部都被豐腴的哈密瓜級雙峰當場壓住！不過同時她的十字架也用力戳到我的眼睛，讓我痛得避免了爆發

危機。真是上帝保佑。

「梅雅老師和這隻……和金次互相認識嗎？」

貝瑞塔翹著大腿、交抱著手——看著這幕情景。

而且臉上表情不太高興，流露出似乎對於自己的寵物和其他女人過去就認識的事情感到很不爽的獨占慾。

「是的，我們曾經在武偵的工作上一起——啊啊，貝瑞塔同學，女孩子穿那麼短的裙子不可以翹大腿呀。壞壞！」

看到貝瑞塔的大腿幾乎有九成左右都露出來的畫面，梅雅頓時紅著臉提出告誡。明明她自己其實也會穿那種性感內衣的說。啊，不妙，我差點要回想起以前梅雅的法衣被魔劍的神祕魔法撕破時的事情了。我還是把注意力集中在眼睛的疼痛上吧。

齊雅拉和安娜瑪莉亞看到那樣的貝瑞塔……

「為了把金次搶回來真努力呢。」

「交了情人就變得這麼大膽呀。」

講出了這樣完全沒搞清楚事實的發言，不過——

「才才才不是啦！」

氣得讓飄逸的金髮都揚起來的貝瑞塔，馬上用雙手把她的確有點往上位移的黑裙子拉回原處，接著擺出擲球進場的動作後，拉開我和梅雅。

我用手按著剛才被梅雅的十字架戳到的眼睛……同時回想起今天早上讓我和貝瑞

塔起了一點點小爭執的那個十字架項鍊。

（也就是說，貝瑞塔那十字架是梅雅給的……）

既然是梅雅給的，等於是分享幸運的道具啊。居然不戴在身上，太浪費了。

不過我記得那些魔女們也說過——當有某方面的幸運提升，就會在其他方面遭遇不幸。

難道我的留級導致貝瑞塔的金錢損失就是因為那十字架嗎？雖然我不清楚她相對在哪方面的運氣有提升啦。

「好啦，今天的課程是關於泛EU武偵法。我首先把講義發下去喔。」

梅雅總算向大家宣告要開始上課了。

義大利的上課方式主要是以議論形式進行。

不像日本那樣是老師針對課本內容全部講解，要學生默背起來的填鴨式教育。而是不懂的學生提出疑問，由理解的學生回答解說後，老師再整理重點。不只是單純記住『有這樣的法律』而已，也會對『為什麼會有這種法律』加深理解，可說是較適於實務或論文思考的系統。畢竟人類的記憶力在對話時會有所提升，因此討論過程中頻繁用到的重要用語或邏輯建構都能很自然地記憶起來。

雖然因為上課開始得晚，導致學習時間較短，不過我覺得同樣時間的效率上來講遠比日本的方式來得高。重視效率，在短時間得出結果——從大家的樣子觀察起來，這似乎就是義大利的文化。

然而……這對於我將來要參加的高認（高等學校卒業程度認定測驗）以及大學入學考試好像幫不上什麼忙。

默記的知識量以及長時間努力用功才是那類考試的勝負關鍵，有點像是比賽誰比較能忍受念書痛苦的戰鬥。無關乎實務之類，而是要求網羅的知識分量。或許在某種意義上是很公平的競爭，但無法判定出義大利式的教育應該會培養出來的聰明思考。

沒想到在這種地方也會呈現出文化差異……傷腦筋，看來我放學之後有必要另外找時間自修了。

溫柔的梅雅姊姊似乎很適合從事教育工作，感覺學生們都很喜歡她。

不過這個人其實也有生氣起來會一劍把希爾達的頭砍下來的恐怖一面，我就別說出來好了。

言歸正傳，課程到了十一點多就漸漸開始有種準備下課的氣氛——

「金次，我們去吃午餐吧。」

結果肥胖的拉斐爾首先對我如此說道。

「呃，午休時間是十二點才開始吧……？」

我的疑問被其他同學們「走吧走吧！」的聲音蓋過……

「唉呦，真不錯呢。那就走吧，老師也一起去。」

就連梅雅也笑咪咪地從講臺走了下來。

這、這些傢伙未免太散漫了吧……！我們實際只上了一個小時的課而已啊！真是有夠隨便的。

飽受文化衝擊的我在大家圍繞下走出校舍——被帶進位於學校對面、名叫ＣＡＳＡ的餐廳。

店內不只是裝潢，連餐點也很廉價，這點倒是幫了我一個大忙。雖然無論室內席或露天席桌上鋪的塑膠桌巾都是格子花紋，讓我會聯想到莎拉的裙子這點我不是很喜歡啦。

店內的Philips液晶電視上……哦！在播美少女戰士呢。雖然配音變成義大利文就是了。從畫面角落『CARTOON NETWORK』的標誌看來，這應該是動畫專門頻道吧。

瞥眼偷瞄電視畫面的貝瑞塔雖然抱著小獅子阿蘭進到店裡，不過大眾餐廳似乎一般都會開放寵物的樣子。

而貝瑞塔的另一隻寵物——借貸豬，也跟著大家一起坐到露天席的大餐桌旁……結果明明是義大利餐廳，跑來招待的店員卻是中國系的女生。這地方也讓人感到不安啊。

另外，總覺得屁股坐得好痛。於是我仔細一看才發現，我這張木頭椅上的坐墊內側有破洞，裡面的軟墊都不知消失到哪去了。因此等大家點完餐之後——

「這張坐墊可以幫我換掉嗎？」

「啊，是，不好意思。我馬上換一張過來。」

我和店員如此對話，並且把只剩外皮的坐墊交給她。

然後……從店裡首先端出來的竟然是——每人一杯 birra，也就是啤酒。

而且不是店員端錯桌。

包含貝瑞塔與梅雅在內，大家都一副『好耶～』地把杯子拿起來了。

「——喂，你們！怎麼大白天的就叫酒來喝啊……！」

感到驚訝的我立刻站起身子想要制止，但大家臉上卻都露出「？」的表情。

……呃？真的要喝？在學校的午休時間？

雖然這國家的確是從十六歲就可以喝酒啦，可是……

「什麼叫為什麼？金次，喝酒有助消化喔？」

全身肌肉的法蘭西斯科竟一臉理所當然地對我說出這種話。咦咦咦……？

「不是那種問題！雖然梅雅是體質上似乎有必要攝取酒精，但你們現在喝酒會影響到下午的課吧？在學校要是不好好念書，將來會很辛苦的。」

這下反而是我像個老師一樣，出面處理E3班的飲酒問題。

可是把裝有啤酒的厚酒杯拿起來的齊雅拉卻——

「金次你——該不會是因為宗教之類的理由不能喝酒吧？對不起喔，我們都不知道。」

露出對我不太好意思的眼神，然後把我的啤酒移到拉斐爾面前。

「不對，應該不是喔。金次有講到念書和將來的事情。」

安娜瑪莉亞似乎也完全聽不懂我想表達的重點。連貝瑞塔也是一臉疑惑地歪著小腦袋。

「我是說，如果不好好念書……大家將來要晉升或賺錢都……梅雅，妳也講講話啊。」

「遠山同學，你不用擔心。沒有人會想喝到醉的。或許在日本喝酒主要是為了享受醉意，不過在義大利大家是為了健康在喝的呀。」

甚至連因為是發揮超能力的燃料而破例允許喝酒的修女——梅雅也說出這樣義大利的回答。

就在這時，瘦男子丹尼爾代表大家站起來——

「金次，老是去想金錢或升官的事情不太好，那樣不叫人生。義大利人是這麼說的。」

像個舞臺演員般把手放在胸前，笑著對我如此說道。

「……那你們都在想什麼啦？」

我不禁嘟起嘴巴如此回問。

「就是像要怎麼生活，要愛什麼人之類的啊。各位，讓我們為這位用功念書的日本人獻上一曲吧，我們的『E級武偵之歌』！」

「「Canzone（唱吧）！」」

在一臉得意的丹尼爾帶頭下，大家高舉起杯子——竟開始唱了起來。

雖然也有人唱得五音不全，但每個人都很開懷。

感覺他們真的很愉快。

『咱們是輕鬆愜意的E級　咱們的學舍在鍋子底　難搞的任務都丟著別理　S級的傢伙們總會做的♪』

這、這是什麼歌啊……！

話說我既然同樣是E級武偵，難道也必須把這首歌學起來嗎？

畢竟我的歡迎會如果我不乾杯也很奇怪，於是我聽從貝瑞塔「那你就點 Caffe shakerato 吧」的建議，點了一杯來乾杯了。

所謂 Caffe shakerato 就是搖杯咖啡的意思。雖然我聽他們講那只是把冰塊和濃縮咖啡混在一起的東西，不過……哦哦，又甜又清爽，真好喝。

不對，這也太好喝了？我感到懷疑而聞了一下味道才知道，裡面應該有加 Kahlúa 之類的利口酒吧？不過也只是微量增添香氣的程度而已，就別計較了吧。

話說回來，剛才店員說會馬上換來的坐墊——實際上等了五分鐘才來。

然後明明說料理五分鐘就會上桌，卻等了三十分鐘才總算慢慢端來。

不過又唱歌又聊天的Ｅ３班成員們似乎沒有一個人嫌慢。

（看來在義大利對時間感覺鬆散是很普通的事情……）

馬上＝等五分鐘，然後等五分鐘＝等三十分鐘的意思。美濱外語高中可沒教過這樣的翻譯方式，我要好好學起來才行。畢竟要是用日本的時間感覺，肯定會焦躁到精神衰弱的。

在等待的時間中──大家偶爾會抓起原本就在桌上的籃子中裝的小塊麵包以及像長筷子一樣長、外觀像Pocky的東西。

「……我說，你們為什麼要吃這種東西啊？」

我也試吃了一下，發現那些根本就沒什麼味道……於是如此詢問丹尼爾後……

「嗯？為了打發時間啊。」

得知了在義大利竟然有『為了打發時間吃東西』這種驚人的文化。

對於歷史上總是受飢餓所苦的日本人來說，真是驚訝得嘴巴都合不起來了。

就在這時……

「這是Vongole bianco。請慢慢享用。」

果然連一句『不好意思久等了』也沒說的中華系義大利店員端上桌的，是裝在大盤子裡的義大利麵。麵裡加了大量像蛤蠣一樣的大花蛤，蒜頭的香氣刺激著飢餓的肚子。

分量上即使分給E３班所有人都還嫌多，結果每個人盤子上都分到大量義大利麵，拉斐爾的份甚至可以說是超大份了。看來早餐只喝一杯甜咖啡，然後中午晚上好好吃兩頓就是義大利流的做法。

「吃美味食物的時候才叫人生啊，金次。其他全部都只是附加的東西罷了。」

我對搖著大肚子講出這種話的拉斐爾半瞇著眼睛瞪了一下，然後跟著大家一起吃了一口蛤蠣義大利麵……

「……嗚……！」

……好吃……！太好吃啦……！

我的全身彷彿瞬間麻痺，所有注意力都集中到舌頭上了。

Don Pachino 的比薩吃起來是純粹義大利料理的美味，不過ＣＡＳＡ是中國系義大利人開的餐廳。當然日本料理自是不用說，中華料理和義大利料理也是料理界的大橫綱。味覺的東西雙雄互相融合的這家店，應該堪稱是最強的餐廳吧？畢竟價格又便宜。

大概是美味的 Vongole bianco 填飽肚子，然後即使很淡還是透過 Caffe shakerato 喝了一點酒的關係，平常應該社交性很低的我卻也和大家聊開了。

畢竟對義大利人來說，日本似乎是有如異世界的國度，於是我只是像「相撲選手難道是女的嗎？我從網路上看到發現他們全都沒體毛啊。」、「大相撲只有男性參加。亞洲人即使是男性通常體毛也不多啦。」、「我以前有吃過一種叫『酸梅』的食物，那到底是什麼玩意？味道簡直像臭酸的橄欖。」、「酸梅是把梅子用鹽醃製、晒乾之後，用紫蘇葉和梅子醋浸泡出來的食物。很少人會單吃酸梅的。」這樣回答大家的疑問而已，每個人就會做出「原來是這樣！」的反應，讓我感覺很好，彷彿自己變成了資深記者池上彰一樣。貝瑞塔也一直「沙沙沙」地把我講的話都抄到她的筆記本中。

如此這般……

等我注意到的時候，都已經兩點啦！明明下午的課程是一點開始的說。

「好啦……大家都和遠山同學聊到天了，準備回教室去吧。Il conto（結帳）。」

梅雅對於午休了整整三個小時的E3班卻一句也沒嘮叨，悠悠哉哉的如此說道。

連餐後的渣釀白蘭地都吞下肚的她，是個第一型超能力者——有經嘴巴攝取魔力原料的必要。雖然我聽說她體質上完全不會喝醉，但看到一個教師大白天就在喝酒的模樣還是讓我……嗯？好像沒什麼感覺？仔細想想，我會這樣是蘭豹害的啊。畢竟那傢伙也經常一邊喝鋁箔包裝的菊正宗一邊上體育課，或是在教室和綴一起喝裝在葫蘆裡的日本酒。這些都是讓我再度體認到自己過去受的教育有多垃圾的東京時代回憶。

大家一起走回學校的一小段路途中——天空萬里無雲，兩旁都是雖然沒怎麼修剪至少也花花綠綠的花叢草地——讓人感到舒適輕鬆，甚至覺得回教室認真讀書是很愚蠢的行為。

正當我這樣想的時候，E3班的大家似乎也抱著同樣的感受……而大概是為了讓酒醒，聚集到走廊的自動販賣機前又開始邊喝咖啡邊聊起來了。

梅雅也沒有出面制止，反而一起加入大家的對話。

我一直都以為學校是只為了『將來』而去的場所，不過——

大家是為了『將來』與『現在』來學校的。

無論拉斐爾、齊雅拉、安娜瑪莉亞、法蘭西斯科或丹尼爾，都是個性開朗而親切的一群傢伙。雖然在有些地方很隨便，不過都過著輕鬆愜意人生。雖然回家之後應該又會虐待我了，不過貝瑞塔在學校的時候也都姑且會把我當人類對待……我總覺得有種想要一直待在學校的感覺了。羅馬武偵高中似乎很適合我的樣子。以前在東京無時無刻感受到的痛苦——心理上的壓力，在這裡幾乎都感受不到。

算了，反正人說入境隨俗嘛——

於是我也不再要求他們去上課，而是端著咖啡一起聊了起來……

然後漸漸地，我也多多少少理解了這些閒聊對話的真面目。

這樣的行為中，其實帶有在日本所謂會議與研討的功用。時事與個人話題之中不時會自然提到與工作有關的情報。另外藉由在輕鬆的場所進行交流，也能提升班級的向心力。

只有在必要的時候請專家來，關在會議室中祕密進行作戰會議，任務結束後就解散——這樣冷淡的武偵關係，大概在義大利是不受歡迎的吧。要更開放一點，個人之間要更熱情交流，才是義大利武偵。

（……我雖然一開始有點驚訝，不過……）

這種想法其實也有值得學習的地方。

我並不是否定日本那套做法的意思，不過把義大利的做法也學習起來肯定會有幫助。根據合作夥伴的個性，總覺得有時候透過義大利的方式相處會更好。例如像理子啦、武藤啦、GⅢ啦、獅堂啦……隨便想想就能想到幾個人物呢。

今天下午的課程——是女生在體育館投擲，男生繞校舍周圍跑步的體育課。

但因為低等班級分配不到體育老師的關係，所以是由梅雅在體育館指導投擲。而我、拉斐爾、法蘭西斯科與丹尼爾四名男生則是連指導老師都沒有，各自適量跑步之後……

剩下時間就坐在體育館的外牆邊享受日光浴了。

順道一提，一般學校講到『投擲』應該是指田徑運動的擲鉛球之類，不過在武偵高中是指投擲短刀的意思。像這類危險恐怖的部分就不分東京或是羅馬武偵高中了。

咻、啪！咻、啪……梅雅老師、貝瑞塔、齊雅拉與安娜瑪莉亞投擲短刀刺中標靶的聲音不斷從館內傳出。

雖然有用白色油漆掩飾，不過體育館本身是很老舊的木造建築，根本沒有隔音效果。

（中午的 Vongole bianco 真是好吃啊……）

徐徐春風中，正當我隨意聽著那些聲音，讓身體休息的時候——

「……金次，我這裡有份工作。委託人是羅馬武偵高中，報酬是四百歐元，四個人平分。」

穿黑衣的法蘭西斯科忽然拍了一下自己的手臂肌肉，對我提出這樣的邀請。

——工作！而且還是學校的。這樣就不用擔心委託人賴帳啦。

「你一聽到有工作眼神就變了呢，金次。」

「我聽說日本人會對工作感到樂趣。我覺得對所有勞動都會感到辛苦的義大利人應該學習一下那種想法。」

拉斐爾和丹尼爾也一邊閒聊一邊聚集過來。也就是由在場這四個人接這份工作的意思是吧。

「畢竟我現在很缺錢啊，什麼工作我都願意接。就算是跟麻藥或黑手黨扯上關係的工作也儘管放馬過來吧。」

幹勁、體力都十足的我站起身子，耍帥如此說道。

大光頭的法蘭西斯科也讓他的黑眉毛帥氣地豎起來。

「不愧是日本人，真可靠啊。這次的任務是——『偷拍女生』。」

我……我雖然說過什麼工作都願意接……但這是什麼任務啊……！

就在我露出『嗚呃』的表情時……

「就讓我簡短說明任務。羅馬武偵高中現在女生之間流行穿布魯馬當體育服。這是因為金次的母校——東京武偵高中在招募捐款的時候，將女生武偵穿布魯馬的照片集當成回禮贈送給捐款者之後，捐款金額立刻大量增加的情報被分享到各國武偵高中的教務科——於是羅馬武偵高中教務科便向女生們提倡『布魯馬是很便於行動的優良體育服』，而巧妙地讓布魯馬流行起來了。」

「這次的任務就是這項作戰的最終階段——拍攝捐款招募宣傳書要使用的照片。模特兒是E3班，包含老師在內所有人都穿著布魯馬啊。」

丹尼爾與拉斐爾拿著望遠鏡頭像火箭筒般的照相機，伸手指向女生們在上投擲課的體育館對我如此說明。

布魯馬……就是形狀和內褲沒兩樣的那玩意嗎……東京武偵高中究竟是把什麼鬼文化宣傳到全世界了啊。雖然那東西好像原本就是從國外傳進日本的體育服裝啦。

「那已經不叫捐款或回禮，而是販賣跟購買了吧……？」

在場沒有人回答我的疑問。丹尼爾接著把貼有教務科公物標籤的照相機遞到我手上。好重！這可是專業相機啊，包括卡爾・蔡司的高級鏡頭在內。

話說，我負責照相嗎？為什麼？我覺得我不適合當攝影師喔？

「我看網路文章時讀過，日本人的男生似乎會偷女生的布魯馬或內褲的樣子。那是真的嗎？」

丹尼爾由衷感到不可思議地向我確認這樣莫名其妙的事情，於是……

「……會偷的人是會偷啦……那種事情在義大利也經常有人被抓吧？」

拿著照相機的我一臉傷腦筋地如此回答。

結果和丹尼爾一起「哦～……」地發出聲音的法蘭西斯科，接著對我搖搖頭。

「那種類型的竊盜會頻傳的國家只有日本而已。衣服只是東西吧？人會對東西感到興奮嗎？那究竟是什麼心理？」

呃、原來是這樣嗎？內褲小偷原來是日本的文化嗎？

不過因為我對那方面的話題很不熟，一時答不出話來。結果在我旁邊把巨大照相機放在大肚子上的拉斐爾……一臉得意地豎起他的食指。

「法蘭西斯科、丹尼爾，你們太缺乏想像力了。從女生穿在身上的物品聯想到女性身體的高度想像力——這是日本男生與生俱來的能力啊。」

「呃不，那只是某一部分的日本人……」

就在感覺母國要受到誤解而出面辯護的我，想到自己以前在伊．U因為莎拉掉在地上的內褲而輕微爆發的事情，便難以強力否認的時候……

「果然還是應該由金次負責照相。你肯定能照出刺激想像力、效果十足的照片。」

「我也要學學東京武偵高中的宣傳本，抓抓看像日本漫畫的角度。」

「好，那就走吧。這肯定會是有趣的工作。」

法蘭西斯科、拉斐爾與丹尼爾沿著體育館外牆快速移動了。

要是我沒跟上結果被誰發現，就會被人以為只有我在偷拍，而且連報酬都拿不到。

於是我只好跟在他們後面……才知道丹尼爾已經把適於拍照的採光窗、換氣口或牆壁縫隙都全部掌握清楚，並想好能夠有效率繞完所有地點的路徑。而且向我們說明的時候也簡潔易懂。

「法蘭西斯科在λ地點待命，拉斐爾在α1、金次在α2地點開始攝影。別忘了攝影地點不能固定在同一個地方，要不斷變動比較不容易被發現。」

「Bene（好）。」

在丹尼爾的指示下——法蘭西斯科宛如雲豹般迅速安靜地消失在體育館後方的樹林中，拉斐爾則是一趴到採光窗前就開始按下快門。行動也太快了吧。

慢了一步的我也從牆壁的縫隙間開始攝影館內。

（嗚哇……）

裡面可以看到貝瑞塔、梅雅、齊雅拉和安娜瑪莉亞的身影……貝瑞塔穿的布魯馬是白色，害我一瞬間以為是內褲而嚇到了。梅雅穿的是黃色，齊雅拉是深藍，安娜瑪莉亞則是深紅。上半身則都是穿日本也經常看到的圓領運動服，雖然沒有繡名牌就是了。

「拉斐爾，把拍攝重點放在梅雅老師身上，再來是齊雅拉，然後安娜瑪莉亞。貝瑞塔只要隨便拍幾張就好。」

「Bene（了解）。」

丹尼爾和拉斐爾如此交談著，不過……

那順序根本就是依照誰身材比較成熟比較好嘛。

看來典型的義大利男生比較喜歡身材高䠷、胸部雄偉、腿長的女性。齊雅拉之所以獲得評價比較高，或許是因為崇尚健康美吧。

肉比較多的安娜瑪莉亞和幼兒體型的貝瑞塔似乎沒什麼人氣，但是以日本人的價值觀來講……我反而覺得一些興趣特殊的男人，應該會不惜提供高額捐款也想要她們的照片喔。

雖然最後也許不會被採用，但我就幫那兩位比較沒人氣的女生多拍幾張吧。看她們可憐。

如此這般，雖然我不會想積極去看，但還是一邊移動地點一邊拍攝著那群躍動的布魯馬女生們……就在這時，從各地點確認著角度畫面的丹尼爾忽然……

「梅雅老師的美貌絕對是上帝賜予的不會錯。美麗與性感之間奇蹟般的平衡。要是讓文藝復興時代的宮廷畫家看到，肯定會巴不得將她畫成作品吧。」

如此讚美起那位砍頭修女。還真是享受其中呢，明明這是工作的說。

「欣賞美麗女性的時候才是人生的重頭戲。其他全部都只是附加的東西罷了。」

剛才就講過類似發言的拉斐爾似乎也從頭到尾只顧著拍梅雅的樣子。

真是沒辦法，那麼像男生的齊雅拉也由我負責拍幾張吧。

貝瑞塔這時──「咻！啪！」地投擲出貝瑞塔公司的戰術刀。

她大概是運動神經不太好，投擲的動作很奇怪。但即便如此還是姑且刺中了人型標靶的肩膀部分……或許該說她不愧是武器商人的女兒吧。

用手指梳著輕飄的秀髮，「呼」地吐了一口氣的瘦小貝瑞塔……擁有不惜放棄S級的地位也要克服自己弱點的向上心。

在這方面，她的確值得敬佩。

雖然她身材上的確沒什麼看頭就是了。

（我一開始只覺得她是個守財奴的虐待狂女人而已的說……）

不過比起第一印象，她或許是個在人格上很有深度的女孩。

就在我像個運動會時幫小學女兒拍照的父親一樣，透過鏡頭望著身穿體育服的貝瑞塔時——

一方面也是因為我腦袋在思考關於她這個人的緣故，結果似乎停留在同一個地點太久了。

「……咦？那個、窗邊——是照相機……？」

安娜瑪莉亞的聲音朝我的方向傳來。

（糟糕……！）

被發現了。

「在、在偷拍嗎！變態！」

咻——唰！像男生的齊雅拉立刻把她手中的羅馬短劍朝我投擲過來！

寬刃劍就這樣貫穿木頭牆壁，從我的照相機和手臂之間飛了過去。超危險的！

從體育館內接著「剛才那是不是金次豬？」「各、各位男同學～不可以這樣呦！」地傳來貝瑞塔與梅雅的聲音。

「——金次，把照相機丟下來立刻到λ地點去！開溜啦！」

就在嚇得一時腳軟的我站起身子的時候，拉斐爾早已把照相機放在腳邊的草地上——知道自己腳程較慢而率先逃跑，以提升小隊整體的逃亡效率。

「我有事先偷偷設定好在拍照同時，會把照片透過無線網路自動上傳到教務科的伺服器。剛才確認了一下，拉斐爾上傳了兩百七十七張，金次上傳了九十三張。比預定交件量多了兩成左右，就算多少有些不能用的照片，應該還是可以判斷任務成功。我們勝利了！」

丹尼爾一邊逃跑一邊拿著平板電腦如此笑道。

等到女生們高舉雙拳從體育館跑出來的時候……我們已經撤退到法蘭西斯科從λ地點開來的飛雅特廂型車中，把下半身稍微從車門露出來的拉斐爾收進車內，並準備從武偵高中的正門離開了。

從被發現到現在，前後二十秒。該怎麼說——義大利武偵的逃跑速度也太快了！簡直就像全部的人都是理子一樣。

假設爆發模式下的我要追捕他們，搞不好也沒辦法全部抓到吧？

「之所以把照相機丟下，一方面是為了拖延捉捕——另一方面是因為撿起重物的動作可以讓對方沒有空出來的手開槍。我有設定讓照相機把照片檔案也留在本機記憶體中，所以那些女生應該會以為只要把檔案刪掉就沒事了。」

「而且她們也會自己幫我們把照相機還給教務科。畢竟要是竊取公物沒有歸還，是她們要被罵啊。」

丹尼爾與拉斐爾微微喘著氣，露出笑臉對我這麼說明。

奇怪了……

（……這群傢伙雖然說是E級，但其實頗有一套的……？）

正當我這樣想的時候……

「真是愉快的工作！」

「不愉快的工作就不叫人生啦。」

「沒錯。唱吧！」

「「「Bene（好）！」」」

他們接著開唱的「E級武偵之歌」我倒是無法苟同呢。

——這三人明明有身為武偵的能力，卻沒有完全發揮出來。

真是太浪費啦。

「喂，你們別唱了，聽我說。雖然是不起眼的小工作，但可瞞不過我的眼睛。拉斐爾、法蘭西斯科、丹尼爾，你們所有人至少都有B級武偵的表現。大家根本沒有必要委屈在E級才對，只要更認真接更多工作就行了。」

我坐在後座交抱著雙手對他們提出忠告。

「如果是愉快的工作我們就會接很多啦。但如果是無聊的工作，我們要不然就是不做，要不然就是隨便做做了。」

可是丹尼爾卻露出微笑，用這樣不爭氣的話回應我。

「人生總不能那樣吧。即便是不喜歡的工作也要好好做，要不然可沒辦法出人頭地啊。」

「金次，那種事情只要讓想要出人頭地的傢伙去做就好了。」

法蘭西斯科也透過車內後照鏡咧嘴笑著對我如此說道。

……聽他這麼說，好像也有道理。

難道錯的人其實是我嗎？

「金次，雖然你好像是個勤奮工作的人……但『自己喜不喜歡這份工作』也是應該隨時去思考的重要事情。如果喜歡，那麼只要努力工作就很幸福吧。然而要是不喜歡，而且將來也沒有變得喜歡的可能性──那才真的是人生中不必要的東西啊。」

拉斐爾也從口袋掏出千層酥麵包一邊吃一邊對我這麼說，讓我不禁陷入沉思。

從這些傢伙感覺很隨便的民族性看來，我總算能理解義大利街景為什麼會破舊到讓人難以相信是先進國家的程度了。

不過他們說的話也有幾分道理。雖然也不完全正確就是了。

畢竟那和「消滅私念一心為公」的日本思想不一樣，我也不認為自己能夠變得像義大利人那樣。

但就像在學校感受到的一樣，我的直覺告訴我這些價值觀果然還是有值得學習的地方。這些肯定是只有在國外才能學到的東西。

後來──

快到放學時間時，我們乘坐的飛雅特已經來到距離學校有相當一段路程的市區．

中層階級的羅馬市民居住的特拉斯提弗列地區。

「這輛車是要往哪裡去啊？」

我這麼詢問後……

「沒特別決定。」

「哪裡都好啦。」

「唱吧！」

「『Bene（好）！』」

又是這套。即使個人的能力優秀，只要聚成團體就會變廢也是義大利人的民族性吧。

這部分和即使個人能力不出色，形成團體就會頓時變強的日本人或許完全相反呢。

不過我也認為應該稍微學習一下他們這種生活方式，於是跟著唱起『咱們是輕鬆愜意的E級，咱們的學舍在鍋子底。』……

唱著唱著，總覺得有點愉快起來了呢。

義大利人很熱情，即使面對身為外國人的我也願意納入朋友的圈子內。

因為我以前除了上課或潛入搜查的實習以外幾乎沒有經驗，所以不知道——

原來唱歌是這麼愉快的事情啊。

在路面電車來來往往的特拉斯提弗列區內一處，我們來到一家都是當地平民的老店餐廳・Frontoni dal 1921——在漸漸下山的春季陽光照耀的店內用餐，並慶祝任務成功。

我在拉斐爾的推薦下點的比薩，沒想到居然是方形的。不是我熟悉的那種將圓形切成放射狀的玩意，而是切成長方形，客人點多少就賣多少的比薩。價格很便宜，只要兩歐元就能吃得很飽。

我們圍著一張古色古香的木頭圓桌，享受著這頓不知道該說是第二頓午餐還是較早吃的晚餐——不過這次的比薩也美味到讓我根本不會去在意那種事情。雖然是脆硬的餅皮上只放了較硬的起司與綠色橄欖的樸素比薩，但那反而讓人容易上癮。反正之後會有偷拍任務的報酬入帳，我就再外帶一些回去……的時候，毫無氣息的……「喀嚓」一聲。

「……蕾姬……！」

一把德拉古諾夫抵在我的背上，引起店內所有人的注目。

因為我現在既不是爆發模式，雙手也拿著比薩空不出來，徹底被她擺了一道。

「因為金次同學——遠離貝瑞塔同學和莎拉同學兩公里以上了。」

該死！難道是我的衣服或鞋子被裝了什麼GPS嗎？貝瑞塔很有可能會那麼做。

「唉~好啦好啦，我回去就是了。」

真受不了。我聳聳肩膀後……對蕾姬嘀咕了一句「在用餐時舉槍也太不識趣了吧」，並朝想要慰留我的拉斐爾他們露出苦笑。

「……今天謝謝你們的邀請啦。明天學校再見。」

我搭著蕾姬攔下的計程車，被帶回位於帕里奧利的貝瑞塔家後——踏踏踏踏！似乎在地下室製作革命槍簡報資料的貝瑞塔穿著白衣衝上來……

「——金次豬！區區一隻借貸寵物竟敢偷拍主人，你好大的膽子！」

小手上握著一條短鞭，額頭冒著青筋迎接我回來了。背後還有半瞇著眼睛用視線責備我的莎拉。

「……都難得拍了照片，妳就把相機還來吧。」

「照片全部都刪掉了啦！照相機也由梅雅老師拿去歸還教務科了！真是可惜齁！」

伸出舌頭快速上下擺動、對我擺出義大利式鬼臉的貝瑞塔——

接著忽然「嘩————！」地臉紅得像顆番茄，並舉起短鞭指向我。

「人家說身為武偵是被偷拍的人不對，所以關於這點我不會罵你。但是你丟下的那臺相機！那是什麼意思！幾、幾、幾乎都是我的照片嘛！為什麼！既然要拍應該是拍梅雅老師吧！有、有些角度還很下流，居、居然會想偷拍像我這種幼兒體型的女生穿體育服的樣子——」

「原來妳有自覺啊。」

「我是很喜歡我自己的身體喔！可是男生通常不是那樣吧！你是不是腦袋有問題呀？為什麼幾乎都在拍我？給我一五一十、詳詳細細、毫無遺漏地說明清楚！要不然我就咕咕㕷咕唔㕷。」

我因為上次在機場就知道貝瑞塔也喜歡吃平民比薩的事情，於是把我從Frontoni買來的方形橄欖比薩塞進她的嘴裡。

當女生對我罵個不停的時候，嘴巴都會打開。然後只要塞美味的食物到那嘴巴裡，她們就會停止臭罵。畢竟人類沒有辦法一邊吃東西一邊大吼。以前我被亞莉亞大吼大罵的時候用桃饅讓她安靜下來的手法，對貝瑞塔似乎也通用的樣子。

看來我已經漸漸習慣這個拘禁生活了呢。呃，雖然應該是不可以習慣才對啦。

3彈　義士的球探

從上空看下來呈現十角形環狀的羅馬武偵高中，在建築物中央有一塊凹陷的中庭，通稱「鍋子底」。

那地方保留有據說是在建學校時挖掘出來的古羅馬居住遺跡，就是那些被雜草與鮮花圍繞的石柱，以及幾乎崩塌的磚牆。但畢竟羅馬是一座到處都有遺跡的城市，因此也沒有特別修復、保存，就丟置在那邊。

與那樣的鍋子底鄰接的E級教室同樣也被稱為鍋子底。而在那些教室上課的我們這群三流武偵就好像被整間學校從上面睥睨鄙視，不過——

能夠時而透過窗戶欣賞那片古意盎然的庭院一邊上課的生活，讓我每天都很愉快。

話雖如此，這邊的教育在嚴格的部分也很嚴格——跟升學、畢業或武偵等級相關的測驗遠比日本嚴厲。這裡採用的不是讓上課沒聽懂的傢伙硬是升級上去然後產生一堆廢物的做法，而是既然沒搞懂就再給一年好好學習的方針。

我到了這個國家才知道，在義大利——留級或退學的學生被周圍貼上標籤的程度之所以不會像日本那樣嚴重，是因為那樣的狀況其實很常發生。

而我最先要參加的『測驗』就是預定下個月舉行的武偵等級測驗……從過去的考古題看起來，內容也同樣偏難。我本來認為自己應該可以到B級左右，但現在這樣看起來，普通狀態下的我頂多只能到C級吧。

而且在羅馬武偵高中如果等級測驗時缺席或遲到，就會被視為「欠缺從事武偵活動的意願」而當場遭到退學，和只會判定為零分並降到最低等級就了事的日本完全不同。我跟麗莎也講過這些事情，真的要好好管理自己的身體狀況才行。

就這樣，在某天早上——

我一抵達學校，丹尼爾就講出「放晴的日子如果不出去外面，會被太陽責罵的」這樣充滿詩意的發言，於是我們便來到中庭享受開始上課前的時光。

在庭院中有一口被當成置物籃的古羅馬時代破壺，裡面裝有軟球——結果我們就決定來玩棒球遊戲了。我當投手，拉斐爾當捕手，法蘭西斯科則是拿木材當球棒的強打者。

他面對我唯一會投的變化曲球雖然揮棒落空，不過直球倒是擊中了。

幸好負責守外野的齊雅拉是個高性能球員，讓我們沒有因此失分。

「你可別丟會轉彎的球喔？是男人就光明正大用直球一決勝負。」

下一位打者丹尼爾對我提出這樣的要求，於是……

「好，我了解啦。」

我這麼說著並投出曲球，便輕輕鬆鬆解決了丹尼爾。嗯～真是爽快。

貝瑞塔和安娜瑪莉亞因為不懂棒球規則，所以和小獅子阿蘭一起在草地上享受日光浴。用小鳥坐的姿勢坐在地上時長長的金髮會朝周圍散開的貝瑞塔，手中還捧著車輛科的課本用功念書呢。

安娜瑪莉亞則是在照顧她擅自在草皮角落種的小草莓園，然後看到阿蘭想要偷吃還沒成熟的果實，就「呵呵，要再等幾天呦～」地笑著拉住尾巴制止了牠。

在那樣和平的中庭裡——

（……？）

忽然出現了幾名穿黑制服的學生。

以一名滿身香水味的金髮美女為中心——幾名美型男生圍繞著她。每個人身材都很高，給人感覺充滿自信。而事實上他們看起來的確很高竿的樣子。

因為那群人毫不客氣地走到草皮中央，讓我們不得不中斷棒球遊戲了。

看到那個集團，原本悠哉玩耍的E3班同學們……頓時流露出畏怯的感覺。

……怎麼回事？

雖然那些男生的確把槍配戴在可以讓人看到的位置，但我們也是武偵，應該沒必要怕槍才對。

（咦？那傢伙……）

這時——我看著那群帥哥軍團中的一點紅，也就是環顧著中庭的那名女生，不禁皺起眉頭。

雖然她那副把緊身黑制服穿得很性感、有如模特兒般的身材，以及像螺絲卷麵包的捲頭髮，還有一臉濃厚的化妝都不一樣，但是……總覺得……

那看起來凶凶的五官跟莫名高高在上的態度，是不是跟貝瑞塔很像啊？那對藍綠色的眼睛根本就一模一樣。

「——好臭呢。究竟是誰的味道？」

面對睥睨著E3班的同學們，開口第一句發言就教人火大的那個美女——因為體質上的理由對美女會很凶的我，立刻「不就是妳嗎？」地狠狠瞪了過去。

結果丹尼爾慌慌張張地跑過來抓住我的袖子。

「金次別這樣，那些是A1班的人，大家都是強襲科啊。除了裝備科的羅潔塔以外……」

羅潔塔——以a結尾的義大利人名是女性名字，也就是指那名女生吧。

既然說是A1班，那麼他們全都是A級武偵的意思了。怪不得看起來那麼高竿。

大概是面對強者就會無比膽小的民族性使然，E3班的大家都畏畏縮縮的。

只有貝瑞塔稍微瞄了羅潔塔一眼，就又把視線放回車輛科教科書上。

「現在開始，我們要在這裡進行射擊訓練，你們總不希望發生**意外事故**吧？」

帥哥軍團中的一人拔出手槍——有點像在威脅似地如此說道，並且代替羅潔塔本人朝剛才頂嘴的我放出殺氣。

「你們這些缺乏才能——只有和奴隸或家畜同等價值的E級武偵，根本不配使用這塊高貴的羅馬歷史遺產。給我回教室去。」

另一個帥哥用黑皮鞋一腳把安娜瑪莉亞的草莓園踩爛。

「啊啊……！」

看到安娜瑪莉亞淚眼汪汪的模樣……

平常總是被稱作奴隸或豬的我也不禁火大起來了。

「喂，你好大的膽子。在日本可是有句話叫『食物造成的怨恨是很恐怖的』啊。」

我說著，準備邁步走過去——

卻被丹尼爾與拉斐爾拖回E３班教室旁的草皮。

「別這樣，金次，對方不好惹啦。他們是真正有才華的一群優等生啊。」

「人數也是對方較多，我們寡不敵眾，還是逃吧。」

……該死……

一方面也是因為我剛剛還在想『安娜瑪莉亞等一下會不會分些草莓給我們呢』這種事情的關係，而忍不住態度變得比較衝了。不過——

雙方的優劣差距的確是一目了然。這群傢伙真的很強。

相對地，E３班的夥伴們則是打從一開始就鬥志全失。要是我反抗讓局面演變為全體戰鬥，我們三兩下就會全滅的。畢竟我現在也只是普通狀態。

不甘心得讓大光頭都泛紅的法蘭西斯科，以及安慰著哭出來的安娜瑪莉亞的齊雅拉也都表現得很退縮。

但如果乖乖聽話回去教室也很不爽，於是大家只能聚在草皮角落……用怨恨的眼神瞪著那群帥哥美女軍團。

「那些人竟然有臉講等級的事情。明明他們都比S級時代——以前的貝瑞塔還要低的說。」

齊雅拉說出這樣有點像在仗勢過往榮耀的發言……

結果在A1班似乎被當成公主伺候的羅潔塔頓時露出發火的表情。

唉呀，要這樣說我以前也是S級啦。雖然講了大家也不相信就是了。

——大概是敏銳地察覺出羅潔塔的怒氣……

「喂，『死亡商人』——貝瑞塔·貝瑞塔。」

「妳有沒有想過妳量產出來的槍械將來究竟會殺死多少人啊？」

帥哥軍團中有兩個人一邊對貝瑞塔搭話一邊走過來。

「呵呵！我知道是誰發出的臭味了。貝瑞塔**姊姊**，就是妳呀。」

穿黑色長裙的羅潔塔也彷彿是讓那兩人開路似地走過來。

等等……**姊姊**……？

原來羅潔塔是貝瑞塔的妹妹嗎？不過她們感情似乎很差的樣子。貝瑞塔也對羅潔塔率領的A1班絲毫不理會，自顧自地繼續在念書呢。

「姊姊大人不但主張不可以終止槍械的國內生產，而且自己也在工作室生產槍械。雖然說是世界有名的生產商，但我們販賣的『武器』——本質上就是殺人道具呀。為了讓自己的雙手遠離血的詛咒，其實把那些全部授權給外國生產就好的說。」

「……那樣品質會低落呀。」

貝瑞塔也不把視線離開書本，如此回應羅潔塔。

看來這對姊妹雖然同樣都是大公司的千金——但對於經營方針的主張卻不同的樣子。

「姊姊大人，雖然我不能明白究竟有什麼部分堪稱革命性，但是下次的簡報會中還請妳不要發表什麼革命槍好嗎？那樣姊姊大人被血弄髒的手——又會變得更血腥發臭呀。是不是？」

羅潔塔的聲調中……混雜著她對姊姊貝瑞塔似乎很嫉妒的感覺。

然而她不但身材較好，身邊的成員素質也比較高。那麼會感到嫉妒的部分就很有限了。

從剛才的對話可以推論出來，羅潔塔肯定是……很嫉妒貝瑞塔的**才華**吧。

同樣身為武器商的女兒，貝瑞塔擁有創造出槍座裙、非穿孔性衰變鈾彈以及革命槍——想必還有其他各種玩意——盡情發揮想像力，生產出各種最新式武器的天賦才華。

「你們走開啦，我在念書。」

坐在草皮上的貝瑞塔堅持不和羅潔塔對上視線——繼續讀她的車輛科課本。

Ｅ３班的大家雖然因為貝瑞塔遭到羞辱而表現得很生氣，但基於和Ａ１班的戰力差距又不敢反抗，只能始終回以不甘心的眼神。

或許是看到我方這樣的表現而得意忘形的緣故……

「自己做槍然後叫別人用槍殺人，根本是殺人狂。」

「代表她完全沒有對罪孽的自覺和掙扎啊。」

「這個守財奴根本連一歐元的權力都不想放給別人啦。」

不知不覺間聚集過來、圍著貝瑞塔睥睨她的美男子們——大概是為了討美女羅潔塔歡心，而你一言我一語地臭罵起貝瑞塔。

「……」

貝瑞塔她……雖然沒有逃避，堅強地繼續在念教科書。不過……

「這個死神貝瑞塔！」

羅潔塔的手下之中一名連後頸部和手腕都有刺青的男子如此大叫後……

貝瑞塔那對藍綠色的尖眼梢眼睛……頓時泛出淚水。

她或許是想反駁『我才不是死神』之類的吧——可是卻做不到。

事實上……裝備科的學生的確偶爾會遭受那樣的批判。

畢竟他們親手製造出來的槍械就算傷害到別人，自己也不會受到傷害。

而且別人越是對立交戰，他們就能賺到越多錢。

「……」

貝瑞塔無從反駁，因為那些都是事實。

即使再怎麼忍耐，貝瑞塔的眼眶還是不斷湧出淚水……沿著臉頰滑落。

但她彷彿不想承認自己在哭似的，始終不擦拭眼淚——繼續讀著車輛科的教科書。

羅潔塔似乎是對那樣的態度感到不爽了……

「那種東西妳讀再多也沒有意義的。反正姊姊大人只會讓車子半途熄火或是撞壞而已呀。」

她說著，對手下的帥哥使眼色，讓對方將貝瑞塔的書一把搶過去。

「啊……！」

貝瑞塔抬起哭泣的臉蛋伸出手，那男生便嘻嘻笑著把書傳給旁邊的另一個男生。

於是貝瑞塔又把手伸過去，那男生卻把書舉到貝瑞塔勉強也無法碰到的高度——又傳給下一個傢伙。如此反覆。

站起身子的貝瑞塔只能被他們耍得團團轉。

「呵呵！羅密歐，動手。」

羅潔塔如此下令後——拿到教科書的那名刺青男便「唰！」地一聲……把書縱向撕成兩半了。

貝瑞塔……當場全身直立不動……

只把頭往下垂著，忍耐不發出哭泣的聲音，但淚水還是滴答、滴答地落到她腳邊。

就在A1班的傢伙們哈哈大笑之中，那個叫羅密歐的傢伙又胡鬧地準備把書從橫向再撕成兩半……於是——

「——你們給我差不多一點！」

我也不理會丹尼爾與拉斐爾的制止，全身撲向那傢伙。

E3班的大家頓時「哇！」地發出尖叫。

畢竟對方是通過義大利嚴格測驗的強襲科A級武偵，我早就知道平常狀態的自己根本不足為敵。

但就算是這樣……！

我即使被A1班的男生們又打又踹，又一屁股摔在地上——

還是拚了命把被撕成兩半的書都搶回來了。因為那些傢伙只顧著打我，對於已經撕破的書倒是防守得很隨便。而且貝瑞塔平常寵愛的小貓……不對，小獅子阿蘭也有幫忙掩護我。

「——書還可以讀。繼續念！停下來妳就輸了。」

我把被撕成兩半的書疊在一起，拍打貝瑞塔胸口似地用力塞回給哭泣的她。

「……嗚……！」

貝瑞塔對於自己平常叫成豬、每天虐待的我，居然會出面幫她的事情表現得很驚訝，不過……

「人生不管做什麼事情，總是難免會遭遇妨礙的。」

我把沾滿塵土、裡面咬破而有點滲血的嘴角用手擦拭後……站起身子。

站在可以保護貝瑞塔的位置。

但是我雙腳無力。很高竿的傢伙果然不一樣。明明我是突然出手的說，可是他們的反擊卻能夠全部都給予我的要害打擊。

尤其是撕破貝瑞塔課本的那個叫羅密歐的刺青男，他是**貨真價實**的。

就算沒有到爆發模式下的我那麼強，在這群人之中也明顯等級不同。

……我的眼睛開始打轉，頓時失去平衡……被丹尼爾撐住了身體。

「唉呦唉呦！區區E級武偵竟敢反抗本小姐，這種事情從來沒發生過喔？這下我知道了——姊姊大人最近用公司的錢養的男人，就是你吧？」

羅潔塔用某種感到汙穢的眼神看向我和貝瑞塔後，帥哥軍團便發出恥笑我們的聲音。

「那、那些錢只是貝瑞塔公司借貸給我的而已。當成獎學金——」

「——名義上是那樣，但事實上就是姊姊大人個人挪用資金吧。沒關係，沒關係的。我其實很感謝你呢。我和姊姊大人從小就受到比較，看誰適合將來繼承公司。而多虧給你的那筆借貸變成不良債權的關係，姊姊大人一直以來都完美無缺的經歷終於留下了汙點。齁齁齁！這個扯上男人的醜聞，在公司內也到～處都在傳呢。」

「不就是妳傳開的嗎！還加油添醋一堆有的沒的！」

貝瑞塔頓時讓輕飄的秀髮高揚起來，氣得滿臉通紅……

我沒有按照契約退還金錢——原來演變成這樣的事情啊……！被眼前這個羅潔塔利用在繼承權鬥爭上，害貝瑞塔在公司內的立場變差。

貝瑞塔雖然被流傳不名譽的謠言，但畢竟遭人欠債不還的罪狀在先……讓她不管怎麼說也沒人願意聽吧。越是受人期待前途無量的優等生，一旦在私下犯了什麼錯——尤其是跟金錢或異性相關的錯——聲譽打擊就會特別大。

所以貝瑞塔才會……對我抱有借貸金額以上的憤怒啊。

「原來守財奴也是會買男人呢。這男的若說是當保鑣感覺也太弱了，真不知道姊姊大人是用什麼方式讓他償還借貸的呢……」

聽到羅潔塔這下流猥褻的發言……

貝瑞塔頓時滿臉通紅，嘴巴開開合合，找不到詞彙反駁的樣子。

「金次才不弱！老師有說過！雖然我不知道是真的還是假的……」

「就是說呀！金次以前曾經是強襲科的S級呢！雖然我不知道是真的還是假的……！」

大概是身為女性無法忍受貝瑞塔遭到這種方式欺負的關係——

齊雅拉和安娜瑪莉亞對羅潔塔如此大叫起來。

但是聽到她們這些話的A1班成員……看向嘴角滲血、腳步不穩被丹尼爾攙扶的我，便紛紛「這傢伙是S級～？」「簡直是一流的笑話啊！」地哈哈大笑起來。

「Bene（好），那就放馬過來吧，S級。」

——羅密歐說著……朝我走過來。

狀況發展至此，原來畏怯的拉斐爾和法蘭西斯科也終於挺身而出，擋在我前方保護我。不過他們的腳依舊在發抖。

「對方指名的是我。讓我上吧。」

我甩掉丹尼爾的手，推開拉斐爾和法蘭西斯科走到前方。

Bene（好），我就抱著同歸於盡的覺悟，折斷這帥哥高挺的鼻梁吧。雖然我同時應該也會全身被折斷個五根左右的骨頭就是了。

在打轉的視野中，我看到羅密歐擺出拳擊的架式……

於是我也搖搖晃晃地擺出混合空手道與柔道的遠山流混合架式。但就在這時……

「——停下、停下！虔誠的基督徒是不可以爭鬥的！那樣會失去死後的安寧喔！會沒辦法上天堂喔！」

似乎是現在才到學校的梅雅——介入了我和羅密歐之間。而且把聖經蓋在她微捲的頭髮上，用聖經保護自己頭部。那樣沒關係嗎？

「……老師，這並不是在打架呀。羅密歐，住手。」

明明到剛才為止的表情都陰險無比的羅潔塔——就像換了一張面具似的，立刻露出美麗柔和的微笑。

似乎是羅潔塔死忠粉絲的羅密歐也……「呸！」地對安娜瑪莉亞的草莓園吐了一口口水後，便收起了他的拳頭。

Ａ１班的人帶著苦笑陸續離開——

而Ｅ３班的大家倒是露出總算撿回一條命的表情。除了把嘴巴凹成「ㄟ」字形的我，以及抱著被撕破的課本、不甘心地低著頭的貝瑞塔以外。

我原本還以為這裡是一所好學校……

但就如分班制度讓人隱約可以猜到的，這裡其實是個階級社會。

存在仗勢著名為「等級」的身分階級進行的霸凌行為。

另外，貝瑞塔也是……我本來覺得她是個為所欲為的任性大小姐，但實際上她是站在很難受的立場上勉強著自己。飽受周圍那樣的批判，又因為我的關係……在公司內的派系鬥爭中被逼到絕境。所以她才會為了準備公司的簡報會而每天在家那麼努力的。

總覺得……我也有責任啊。

當天傍晚——

窩到貝瑞塔家地下工作室的貝瑞塔透過麗莎傳話，叫我去買東西。

據說是只要有蕾姬和莎拉監視，我也可以出門的樣子。

其實如果是生活用品，她只要叫麗莎或貝瑞塔公司的艾爾瑪去買就好了。不過……

從早上羅潔塔那件事情之後，貝瑞塔似乎不太想見到人。

簡單講，她是想要暫時讓我、蕾姬和莎拉都離開家的意思。

（如果是亞莉亞，壓力太大的時候總是會靠對我或間宮明里胡亂開槍來發洩——但貝瑞塔看來是會把情緒積在心裡的類型……）

那樣其實也讓人頗擔心的，然而——

麗莎把貝瑞塔的命令抄下來的『購物清單』中，除了之前被我餵食、結果她好像喜歡上的 Frontoni 橄欖比薩之外，還有各式各樣的食材。要全部買齊幾乎會是一場小旅行了。要是我不快點出門，太陽都要下山啦。

「蕾姬、莎拉，如果妳們願意幫忙我買東西，作業時間就能縮短，妳們的自由時間也就相對可以增加了。所以幫個忙吧。」

「……」

「……」

就這樣，我帶領提著裝槍與弓的箱子默默不語的那兩人，走下彎彎曲曲的阿爾奇美得路——首先進入一間 Supermercati，也就是超級市場。

義大利和東京或香港不一樣，沒有便利商店，取而代之的就是超市了。在冷氣強到讓人幾乎會感冒的家樂福超市中，我念出麗莎那張字體優美到彷彿電腦打出來的便條紙……

「……Panino（三明治）、acqua minerale con gass（碳酸礦泉水）、Panna cotta（義式奶凍）……」

並推著大概是為了防範偷竊，必須放入五十歐分硬幣才能使用的購物推車，讓蕾姬和莎拉去把指定的商品找來。

所謂Panino是一種用橢圓形麵包夾起來的三明治。而礦泉水一定要確認瓶蓋顏色才行，粉紅色是有碳酸，藍色是無碳酸。

至於Panna cotta則有點像味道較濃的布丁，是相當好吃的一種甜點。和日本的布丁一樣，是裝在兩個或三個小容器中販賣的。但這個容器固定都是白色，以日本人的感覺來說，在還沒開封之前看起來就像優格，很容易搞混。

「要在這邊買的，暫時就這些了吧。」

「……」

「……」

接著要把買的東西放到結帳櫃檯前的輸送帶上，而且要用分隔棒分開前後顧客的商品才是守規矩的做法。

我為了自己要吃以及當作給蕾姬和莎拉的小獎勵而多買了一條三份裝的義式奶凍，可是……

當我們坐到店外的長凳上，用小小根的木湯匙吃起來的時候……

「這裡面有加雞蛋，我不吃。還給你，然後給我現金。一點四歐元的三分之一是四十七歐分，取整數給我五十歐分。」

素食主義者的莎拉把她自己的份退還給我了。

這傢伙明明一季就能賺個兩億日圓，還這麼斤斤計較。

「才想說妳終於講話了，結果一開口就是錢錢錢。光只會想錢的事情可不叫人生啊。」

「不要囉嗦。」

「咕！那妳的份我等一下也吃掉囉。這明明就這麼好吃。對吧，蕾姬？」

「……」

把手提箱放在大腿上當成餐桌，吃著義式奶凍的蕾姬也默默點頭回應。看來她很喜歡的樣子。

「在義大利這國家，就是要享受美食才叫人生啦。」

漸漸被義大利感化的我——把剛才歸還購物車時退回來的五十歐分硬幣「啪」一聲塞到莎拉白皙的手中。

「Thank you.」

面無表情地說著、個性我行我素的莎拉就先放到一邊……

我把她退回的義式奶凍放進需要另外收錢的塑膠袋中，然後伸手戳戳另一位我行我素的蕾姬頭上的耳機。

「……蕾姬，妳這個現在還聽得到風的聲音嗎？」

「聽得到。」

「那位風小姐現在怎麼樣啦？」

以前我被狙擊拘禁的時候，蕾姬似乎是遵照風——也就是璃璃色金下達的指令才那麼做的。因此我有點擔心這次會不會也是那樣而試問了一下，結果……

「風現在——差遣的不是我，而是我妹妹之中的一人。」

得到的回答雖然不算完全的安全確認，但至少她應該不會馬上對我開槍的樣子。

「……」

蕾姬接著就不再多說什麼。

算了吧。畢竟她也是個不知道失控按鈕在哪裡的女人，所以我還是不要隨便刺激她，只要默默觀賞她吃義式奶凍的模樣就好了。反正看起來就像隻小動物一樣，很治癒人心嘛。

「……」

「……」

「那接下來就到 Frontoni 去吧。」

我帶著這對沉默二人組——從閒靜的帕里奧利移動到有點吵雜的特拉斯提弗列。雖然貝瑞塔有給我們計程車經費，但我移動時是利用地下鐵，偷賺中間的差價。

大眾餐廳 Frontoni 裡客人很多……不過我們不只是外帶貝瑞塔指定的比薩而已，晚餐也決定在這邊吃了。

——生活了一段日子後我才知道，在義大利的比薩有點像是在日本的拉麵。雖然有大致上的固定模式，但麵皮、配料、燒烤方式等等，也就是味道會根據店家有所不同，因此可以依據個人喜好挑選。

我買了這家店很好吃的橄欖比薩兩歐元份……沒主見的蕾姬也跟我一樣，至於莎拉則是買了素食者用的一種上面灑滿可食用花朵的比薩。居然會買花比薩，不愧是女孩子呢。

「……」

「……」

然而和這兩人的對話就不像花朵那樣有趣繽紛了，於是我很自然地開始觀察周圍。

羅馬——是一座很棒的城市。

不但風景帶有歷史感，食物又美味，人也很有個性。即使經濟上不算富裕，也感受得到文化上非常豐富。比起巴黎、紐約或倫敦，我更喜歡這裡了。

然而……就算窗外橘紅色的路燈讓羅馬市街看起來有如電影場景……

我的心情還是好不起來。

一方面是因為蕾姬和莎拉總是讓氣氛像在守靈一樣，不過更重要的是我很在意貝瑞塔的事情。

於是我……

「……回家吧。」

把味道較濃的瑪奇朵咖啡喝完——便離開了熱鬧的餐廳。

回到貝瑞塔家，把買回來的東西交給艾爾瑪與麗莎後……

等到晚上，我自己一個人來到了貝瑞塔窩在裡面不出來的地下工作室。

或許現在應該讓她一個人靜靜才對，但我還是忍不住會在意啊。

因此我敲敲工作室的門之後……

「啊、啊、等一下！給我五分鐘！」

那看來要等三十分鐘了。

我現在也沒手機可以打發時間，就伏地挺身為武偵等級測驗做準備吧。

就這樣，我在走廊伏地挺身了十分鐘左右──門就忽然打開，「碰！」一聲撞到我的腦袋。

「……痛死啦……！」

「……你在做什麼啦，豬？總不會是從門下面的縫隙在偷看裡面吧？」

明明穿著裙子，卻把兩腳踩在痛得打滾的我頭部兩側並如此說道的貝瑞塔大小姐──

果然看起來沒什麼精神。

畢竟她沒有踩我的頭就又縮回房間裡了。

不過她並沒有把房門關上……

於是我站起身子後，走進都是工作用機械的房間內。

「呃～……比薩我已經交給艾爾瑪了。妳想吃的時候再叫麗莎幫妳加熱吧。然後，那個……」

就在我靠到工作室的牆壁上，猶豫著該怎麼切入話題的時候……

「居然會讓豬擔心，看來我也變得不中用了呢。」

看穿我想法的貝瑞塔很刻意地嘆了一口氣後，把椅子轉過來，翹起大腿坐下。白衣似乎打從一開始就沒有穿，而是穿著一件花紋連身裙。

脖子上還圍著一條看起來很貴的寶格麗領巾。

不過她並沒有像傍晚時那樣把我趕走。或許她剛剛都窩在這裡做了些什麼可以紓解壓力的事情吧。

「……總覺得，我很對不起妳啊。關於錢的事情。」

「那件事我從一開始就在罵你了不是嗎，這隻借貸豬。今後我也會繼續罵你，所以現在就算了。然後呢……你是來可憐被人叫作『死神』的我嗎？」

她這句話──

是在詢問我對於裝備科的她在倫理上的評價。

看來她果然對今早的事情耿耿於懷的樣子。

同樣身為一名武偵，我似乎有必要為她做心理輔導了。

我會這樣想是因為──雖然這講起來不是什麼好事情，不過……

工作上經常需要傷害別人或自己受傷害的武偵之中，偶爾會出現**罹患心理疾病**的傢伙。甚至還有關於罹患者或自殺者的統計資料，當中顯示會變成那樣機率較高的人──首先一定是腦袋很好的武偵。然後以專門領域來分，必須把精神力磨耗到極限的狙擊手以及自己提供的武裝會左右夥伴生死的裝備人員的比例相當大。

「我不會可憐妳。不過在日本也有句話說，武器商人是最需要覺悟的一種買賣。這工作必須在自己心中找到一個妥協點，要不然精神可撐不下去。」

貝瑞塔願意自己提出這個話題，讓我稍微安心一點了。

不過今晚——我還是好好跟她談一談吧。

貝瑞塔是以商業之名量產出會致人於死的槍械的商人。

畢竟她不是像平賀同學那樣做事滿不在乎的類型，所以我還是確認一下她在那方面有沒有抱著什麼煩惱會比較好。

另外也可以聽聽看她對於自己的工作有何想法。

「我認為我自己是有找到一個妥協點呀。我所造出來的手槍，是可以保護人類的生命與財產，維持社會秩序的神聖道具。」

貝瑞塔挺起只有一點點肉的胸膛，從這樣的表面話開始切入。

「但是手槍也會落入惡徒手中吧？」

「哦～你也會講這種話呀。那我就這樣回答你吧：這世上沒有所謂的善惡之分。大家都認為自己才是正義。就是因為那樣的雙方都拿槍，人類才會維持武力上的平衡，進而達到和平的狀態。」

貝瑞塔用一臉『那種事情我早想過百萬遍了』的表情……彷彿在取笑我似地說出這樣的空談。

「也可以反過來想吧？例如說，要是所有人都能把槍丟掉……」

「人類還沒有進化到那種程度。」

「那就不能試著朝那樣的進化努力嗎？像從前基於類似妳所說的抑制論而不斷增加核武，如今也漸漸減少數量了啊。」

「核武總量會減少，是因為俄羅斯經濟上的理由吧。」

唉呀……這也是事實沒錯啦。畢竟我前陣子才知道連日本都好像擁有核武的事情，所以這點上我還是別繼續講下去，以免說溜嘴了。

「為了維持和平，槍械是必要的。有時候如果不握槍奮戰，就贏不回和平。像9mm帕拉貝倫彈的帕拉貝倫（Para Bellum）也是來自『若欲和平，須備戰爭』的意思不是嗎？」

貝瑞塔的這番紙上空談雖然也有幾分道理，但是——

聽起來總覺得不只是在對我說，也同時是在對**她自己**說。

想必是因為她生在那樣的家庭……就只能選擇這樣的人生。

手槍本身不是壞東西，壞的是讓惡徒使用它——身為一名武裝人士，我有時也會這樣說服自己。另外還有像「手槍氾濫是因為經濟政策所以也是沒辦法的事情」等等。而貝瑞塔身為世界級槍械製造商的繼承人候補，是以更大的層級在背負那樣的想法。

（她肯定……很難受吧。）

這年紀的女孩明明應該更想玩樂的，她卻必須受自己的家世與才華操縱。

而且又因為我留級的緣故，害她承受了更多的負擔。

所以我更應該好好聽聽貝瑞塔的真心話，她真正的想法。

為了預防她陷入精神上的危機——我必須知道她是以什麼當作心靈上的支柱。

「也就是說，妳不分善惡都會販賣手槍給對方嗎？那個……為了和平。」

聽到我又講回原本的問題，貝瑞塔頓時搖搖頭。

搖曳著她輕飄飄的微卷金髮，做出『真受不了』的動作。

「那不就是手槍技師的本質嗎？販賣為了和平所必需的手槍——以換得利益。換句話說，我是為了錢在工作的。就跟麵包店賣麵包是一樣的意思。」

大概是多虧我持續糾纏追問的關係，貝瑞塔的講話方式……開始變得坦誠了。

她在講金錢的話題時，感覺還比較直率。

看來姑且不論什麼和平理念，貝瑞塔實際上是以『金錢』做為妥協點的樣子。

雖然這種想法要說很像個武偵也確實很像，但那是相當危險的思考方式啊。

要說是黑還是白的話，太過偏向黑了。

畢竟我也聽說過，裝備科類型的武偵會罹患心理疾病的典型原因，就是『明明夥伴們有的受傷有的喪命，自己卻賺大錢悠哉過活』這樣的煩惱。

所以我必須對貝瑞塔稍微鼓吹一點漂亮話，讓她的意識平衡稍微偏向白才行。

「手槍和麵包不一樣，持有手槍的人必須伴隨責任吧。武偵憲章第三條就說了——要有實力。不過在那之前，必須先走在正道上。」

正如人家說武偵憲章第三條是引用自日本人的書籍，這條『強者就應該走在正道上』的感覺，其實是有點日本文化的東西。

會這樣說，是因為日本有所謂的「武道」——想要鍛鍊武力，就應該同時鍛鍊精神力。這樣的思考方式深植人心。

像是「有少年起初只是為了報復欺負自己的同學而開始學空手道，結果等拿到黑帶的時候已經完全沒在想報仇的事情了」，這樣的例子可說是多到不勝枚舉。

武道並非單純只是提升武力而已，在過程中也會灌輸禮儀、忍耐、冷靜、榮譽心以及關心對方的想法，以促進人格上的成長。即使再怎麼強，對沒有心的人就不會給予高段位。非數值化的升段測驗以及逐出師門等等系統就是為此存在。

然而……

手槍這種東西只要拿到的瞬間就會變強。不等待心靈上的成長，只有在武力上急遽提升。任何人都能輕易獲得殺傷別人的力量，不論持有者多愚蠢、多陰險。我在東池袋高中時也感受過，這毫無疑問是非常危險的事實。

「手槍會讓人太過飛躍性地提升力量。正因為如此，持有者必須保有一顆正義之心。」

持有手槍的人就有相對的責任。

所謂手槍，應該是只讓擁有正義之心的人持有的東西。但——

「你的表情就是一副連自己都有一半沒那樣想的感覺喔？唯有走在正道上的人才能

擁有力量？正義使者？那都只是理想而已。」

──正如貝瑞塔所說，這只是理想。

是只存在於小孩子看的卡通或特攝影片中的童話故事罷了。

像現在，世界上就存在有好幾億把的手槍，在各處被量產、販賣。無論是誰，只要付錢就能買到。這就是世間的現實。

不過……

「**人類就是要追求理想吧**。就算那理想是所謂的『正義』也一樣。」

聽到我這麼說──貝瑞塔便稍微沉默了。

她把視線微微往下移，露出似乎在思考什麼事的表情。

那樣的表現讓我認為應該是個切入的好機會，於是……

「因此妳也別把妥協點建立在金錢上。雖然世事總非盡如人意，但妳不要連心都出賣給金錢了。光只會想錢的事情可不叫人生。所以關於我的借貸，妳也抱著寬容的──」

我學著義大利人的拿手臺詞講到錢的話題，卻是我最大的失敗。

「──你根本沒有資格在金錢的事情上跟我說三道四吧！講著講著害我差點忘記了，你是隻借貸豬呀！」

轟！『金錢』這個關鍵字讓貝瑞塔的怒氣當場爆發了。

大概是她原本就讓不愉快的岩漿蓄積太多的關係，簡直就像火山爆發一樣。不妙啊……

「像羅潔塔會變得那樣囂張，也都是你害的呀！」

「……是……真速對補起。」

被站起身子挺直背脊的貝瑞塔這樣發飆狂罵，剛才還講得很得意洋洋的我也只能乖乖縮回去了。債權人與債務人的上下關係是很清楚的。

「話說……妳的妹妹再怎麼講也太敵視妳了吧？就算彼此在競爭繼承權利，妳們好歹也是相同血脈的姊妹啊。」

我為了保身而試著把貝瑞塔的矛頭轉向羅潔塔，結果……

「只有一半相同啦。啊……」

貝瑞塔趕緊用手摀住嘴巴，一副不小心說溜嘴的樣子。這女孩真是好懂。

「一半？」

「……這件事大家都不知道，所以你不准講出去喔？姑且不論戶籍上是怎樣，但羅潔塔是爸爸和情婦生的小孩。所以我才會說只有『一半』。」

哦～原來如此。怪不得體型會差那麼多。

「你現在腦子裡在想『怪不得體型會差那麼多』對不對！是啦是啦，反正我就是幼兒體型啦！身高也是萬年一四一公分啦！是一四一公分量尺啦！」

咿！我把想法寫在臉上了嗎？看來我也是個很好懂的人啊……！

「我沒在想！一丁點都沒在想！」

因為『金錢』與『體型』兩顆按鈕都被按下而變成失控虐待狂模式的一四一公分量尺貝瑞塔——抓起扳手朝我揮了過來。就在我滾開身體閃避，同時想著『這至少比一四二公分量尺（亞莉亞）總是拿來亂揮的日本刀好一點，雖然鈍器和刀劍其實半斤八兩啦。』這種事情的時候——貝瑞塔忽然手滑讓扳手飛過來，很不幸地命中我的屁股。

「……呃啊……！」

我當場趴倒在地上後，貝瑞塔飄起她的薄裙與金髮，「噗！」一聲騎到我背上。

接著拿下脖子上的領巾丟到一旁，從背後抽出短鞭……

「下次！要決定！公司第四季方針的！革命槍簡報會上！」

「痛！痛啊！不要打我屁股！現在特別痛啊！」

「為了抵銷借貸豬的問題！我必須！努力才行呀！」

啪！啪！貝瑞塔大人每叫一句就抽打我的屁股一下，讓我要痛又不痛的。

雖然理想是很好，但這就是現實。

貝瑞塔要是不能靠簡報洗刷跟我相關的緋聞造成的汙名，她要挽回公司內名譽的方法就只剩下一個了。

那就是叫我切腹並否定關係，然後用保險金歸還欠債。

畢竟貝瑞塔的精神狀態看來並沒有到會立刻上吊自殺的危險狀況，現在就拜託她好好努力吧。不是努力抽打我的屁股，而是努力準備在貝瑞塔公司的簡報會……！

我就像要逃到邊界的摔角選手一樣在地上拚命爬動，好不容易從貝瑞塔的虐待狂工作室逃脫出來後……雖然我想用紅藥水之類的擦一擦屁股，但無論我怎麼翻找，在高級的貝瑞塔家中根本就沒有那種廉價道具。因此這疼痛我也只能靠毅力忍耐啦。

不過我為了至少確認一下傷害狀況，看屁股有沒有裂成三半，於是來到二樓的浴室用鏡子照自己的背後，卻發現——

「……？」

寶格麗的領巾就像一條尾巴似地垂在那裡。

這是剛才貝瑞塔抽出短鞭的時候拿下來的東西，看來是她騎到我背上的時候不小心夾到我腰帶與褲子之間的。

「……」

以前我被穿便服的亞莉亞騎到身上的時候，曾經被她用不知道是叫赫馬仕還是愛馬仕的領巾勒過脖子……而我讓那條領巾綁在自己脖子上逃跑後，過了好一段時間才拿回去還給她，結果卻被她冠上『你總不會嗅過味道吧！』這種莫須有的嫌疑，又被勒了一次脖子。

畢竟貝瑞塔和亞莉亞的行動模式很相似，我還是早點拿回去還給她比較好吧。現在都已經過了三十分鐘啦。

於是我——抱著進入虎穴的覺悟，手拿領巾再度回到地下工作室前……

沒想到從門後……

「Kasei ni kawatte sekkan yo!」

……居然傳來一句日文？是貝瑞塔那尖銳的娃娃聲。

……『看我代替火星責罰你』……？

「喂，貝瑞塔，我先跟妳講清楚，我可沒有嗅這個……」

我說著，打開工作室的門。

「火焰……！」

……！

貝瑞塔大人的背影居然和平常不太一樣。

首先，她的頭髮變成了黑色的長直髮。但仔細看看，似乎是把金髮盤到頭頂後戴上黑色長假髮的。

接著，她身上的衣服是紅色的水手服。和東京武偵高中的水手服有一點點相似，不過裙襬更短，在臀部上方還有同樣是紅色的大蝴蝶結。另外手上還戴有色丁材質的白色長手套，而且一對光腳下套著大紅色的高跟鞋。

難、難道她發瘋了嗎……！

不對，這、這是……！源自日本、穿上動畫人物的衣服享受樂趣的神祕文化——Costume Play……簡稱 Cosplay……應、應該啦……！

而且是我以前曾經被理子主張『這可是名作呀，要全部看過才行！』然後綁在椅子上、用膠帶固定眼皮強迫連續觀看，卻在看到R的時候終於過勞昏厥，害我留下心靈創傷的——美少女戰士。當中一名夥伴角色——水手火星的 Cosplay 啊！

上次在CASA的電視上我也看過，美少女戰士在義大利也有播放。

我隱約看出來了……這就是貝瑞塔消解壓力的方法。

畢竟衣服對人類心理的影響很大，穿上自己想穿的東西可以減輕精神負擔的事情也受到科學證實。剛才我要進工作室的時候貝瑞塔叫我等一下，大概就是因為她當時穿著這身打扮，需要時間換裝的關係。

「——聖靈！」

如此大叫並轉身的貝瑞塔，萬萬沒想到我會站在這裡——頓時把她也許是戴了角膜變色片而變成紫色的眼睛睜大，全身僵硬。

簡直就像按下了暫停按鈕一樣，動也不動了。

「……」

「……」

我和貝瑞塔變得就像是蕾姬與莎拉一樣……

但畢竟我們不是蕾姬與莎拉，所以過了十幾秒便開始有動作。

「只能殺掉你了。」

雙眼發直，『喀、喀』踏響紅色高跟鞋的貝瑞塔……朝我的方向……走過來。

手上握著剛才她從桌上抓起來的——手槍……！

貝瑞塔朝金次舉起了貝瑞塔・金次樣式！這什麼繞口令啊！

臉蛋變得跟身上服裝的衣領與裙子一樣火紅的貝瑞塔接著……

「火焰——聖靈！」

——碰！

讓似乎已經維修完畢的貝瑞塔・金次樣式朝我開槍了！

就在子彈飛過我的手臂與身體中間，在我背後的牆上「啪！」地開了一個洞的同時……

「火、火焰聖靈不是那種招式吧！」

雖然要是對方真的射出火球也會很傷腦筋的我，打算丟下領巾逃跑……卻因為恐怖腳軟而跌到地上。

上次我在西池袋面對黑道時也經驗過，被自己的手槍瞄準真的是特別可怕的一件事啊！

就在我用手臂擋住沒有防彈制服保護的頭部時——

「……原來你知道美少女戰士嗎？」

貝瑞塔用訝異的語氣對我如此說道。

「知道知道！我是超級粉絲！四十六集我全部看過了，所以別開槍！為了證明我看過，我覺得以顏色來講妳比起火星更適合月亮，要不然就是金星啊……！」

變成求饒模式的我說出這種話之後……

「你知道呀！真不愧是日本人。我比較喜歡火星，因為她堅強、漂亮、勇敢又可

靠，很帥氣呢！你也這樣覺得吧？」

……這傢伙……

完全忘記自己現在穿的是大腿根部都露出來的打扮，開始興奮地講起來了。

「火星的魅力就在她深藏內心的熱情呀，因為她的招式全都是火焰不是嗎？雖然有很多種說法，不過我認為那就是作者刻意安排的隱喻手法——」

而且講個不停。也不理會我究竟有沒有在聽，開開心心地一句接著一句，眼神還閃閃發亮。

……這、這種講話方式……

跟、跟理子……講到遊戲或動畫時的機關槍快嘴一模一樣。

這傢伙以昔日用語來講，就是所謂的「御宅族」嗎？原來義大利也有這種人啊。

「更重要的是，火星那頭黑色的秀髮很漂亮不是嗎！我都巴不得自己生下來也是那種顏色呢。畢竟像我這種捲捲的金髮，總是會被人覺得腦袋很差。」

看來我要好好感謝理子才行。

多虧她讓我知道美少女戰士，因而脫離了現在這個險境……！

但如果我不跟著說些什麼，貝瑞塔肯定會跟理子一樣連續講個兩小時。

於是我站起身子……

「……日本的女孩子就是對金髮抱有憧憬啦，所以給少女看的動畫中經常隊長都是金髮。」

人總是會對自己沒有的東西感到憧憬，就好像貝瑞塔崇拜黑髮也是一樣的。

另外，水手服戰士們——都不像貝瑞塔這種專給性癖特殊的人觀看的動畫中會登場的體型，而是各個身材姣好。我猜這也是貝瑞塔會喜歡的理由。但如果提到這點肯定又會遭到實彈火焰聖靈攻擊，所以我並沒有把這項考察講出來。真是完美的判斷能力。

「這樣喔。話說，你不覺得羅馬武偵高中也應該規定穿水手服嗎？這樣一來就可以每天穿像動畫一樣的制服了。」

「不是像動畫一樣的制服，而是動畫參考制服畫成那樣的啦。」

「啊哈！說得也是。對了你看你看，這也是我透過亞馬遜從日本買來的喔。」

貝瑞塔毫不考慮自己穿的是水手服戰士的超級迷你裙就把屁股轉向我，一頭鑽進衣櫃中，然後拿出來的是——

東京武偵高中的、防彈水手服……！原來在亞馬遜買得到嗎！

「另外真希望學校可以開一些像日文或是日本文化的課程呢。我現在都只能靠自習，有很多事情都搞不太懂呀。」

看來她這是貨真價實的御宅族啊。

我起初還想說她這個義大利人怎麼對日本那樣莫名熱衷，原來是受到動畫的影響。

不禁露出苦笑的我，和 Cosplay 打扮的貝瑞塔聊著聊著才知道……

在義大利其實也會播放各式各樣的日本動畫——雖然大概是因為權利上的問題，

多半都是比較古老的作品——而貝瑞塔不只是喜歡美少女戰士而已，也是其他很多日本動畫的粉絲。像機器人動畫她似乎也很喜歡的樣子。

雖然講到這邊頂多也只會覺得她是個很普通的日本動畫喜好者，不過……

我很快就注意到貝瑞塔喜歡的動畫其實有個傾向。

都是正義使者討伐邪惡的故事。

畢竟她本人似乎沒發現這點，所以應該是無意間形成的現象……但這想必是她被人叫作「死亡商人」的自卑感所造成的反彈。

貝瑞塔因為販賣武器的內心掙扎，而實際上對名為『正義』的理想抱有憧憬。

「……我這下放心了，貝瑞塔。妳果然也是擁有那份心的。這就是證據。」

我說著，把貝瑞塔的水手火星變身棒拿起來——遞到她的小手中。

「你說我、擁有……？擁有什麼？」

「我直接跟妳說漂亮話吧。」

「？」

「——就是『正義的心』。」

剛才我在談論正義的時候——貝瑞塔的表現帶有猶豫。

那是因為她在內心深藏著那樣的理想。

或許所謂的『正義』是難以實現的理想，是唯有在動畫中才能實現的虛幻夢想。

但世上無論任何事情，起初都是從理想或夢想開始的。

水手服戰士是正義的戰士。貝瑞塔在距離日本很遙遠的這個國度，從日本動畫中感受到了那樣的心。雖然目前那還只是單純的憧憬、模仿外觀而已，不過……或許她總有一天真的能實現也說不定呢。

透過她過人的向上心，以及優秀的頭腦。

就好像席丹、本澤馬、內馬爾、梅西──那些崇拜足球小將翼的少年們，後來真的成為了偉大的足球選手一樣。

「妳也擁有正義之心啊。」

我可以感受得出來。

「妳才不是百分之百完全只為了金錢而量產武器的女人，才不是真的死亡商人或死神什麼的。」

所以我要清楚告訴她。讓她從無意變成有意。

讓貝瑞塔──知道自己的『正義』。就好像發掘出梅西的才華並讓他登上球場的球探一樣。

畢竟咱們遠山家從遠山的金先生時代開始，就是以當義士──也就是當正義使者為興趣的奇特家族。雖然我是個瑕疵品，但至少也能分辨出眼前的傢伙有沒有那個心，也就是有沒有那份才華。講起來真的就像挖掘足球選手的球探那樣。

「雖然以我的腦袋無法想像出究竟會用什麼樣的形式……不過只要妳保持那份心，肯定總有一天可以踏上正義之路。那想必會是一條需要勇氣的路，不過妳還是要勇往直前。就好像水手火星，帶著一份勇敢。」

為了貝瑞塔的心，為了她的將來，我如此對她說後——

「……簡直就像動畫裡的情節一樣呢。總覺得……我甚至有種未來總有一天真的會實現的感覺了。畢竟你可是來自動畫國度的男人呀。」

貝瑞塔緊緊地……將我遞給她的變身棒抱到胸前……

「我知道了。謝謝你。其實我一直以來都好希望有人會那樣對我說呢。」

靜靜露出微笑如此回應我了。

用一臉——這次總算對我講真心話的表情。

貝瑞塔家的三樓有一間以前大概是提供給訪客使用的空房間，設置有不同於二樓女生浴室的另一間狹窄浴室。

而我現在就是被分配使用那間浴室……但明明羅馬的自來水因為偶爾會混雜沙子而需要過濾才能使用，這間古老的浴室卻沒有那樣的裝置。

因此遭短鞭抽打過的屁股會被沙子摩擦得很痛——不過我還是堅持在白色浴缸裡裝熱水，泡全身浴了。雖然歐洲人的浴缸是原本只設計來接住沖澡水的淺浴缸，所以我必須用彷彿躺進棺材的姿勢才能泡到全身啦。

這個金次式入浴法以前在巴黎曾經被貞德取笑過，但是以我的觀點來看，我才真的搞不懂歐美人為什麼可以只沖沖水就當是洗完澡呢。

（那些人再怎麼誇張也不會到浴室來監視，真是讓人放鬆啊……）

我在不需要擔心會有女生闖入的三樓浴室盡情享受泡澡的樂趣，直到手腳都泡皺——等走出浴室的時候，已經是深夜時間。

反正大家應該都睡了，於是我只穿一條內褲走下樓梯。

（好啦……來享用我當成刷牙前樂趣的義式奶凍吧。）

來到一樓的廚房後……我從冰箱恭恭敬敬地拿出傍晚去買東西時，莎拉退還給我的濃厚布丁。而且仔細看看，買給貝瑞塔的份也只剩下一個。那傢伙一天就吃掉兩個啊。雖然我也準備要吃第二個就是了。

而人在獨處的時候多少會變得比較快活——

「Canzone（唱吧）。哼哼哼哼∼哼哼哼哼♪」

大概是受到貝瑞塔的影響，我哼起『飛翔吧！鋼彈』的旋律，捧著義式奶凍……轉回身子……

「……嗚……！」

「……！」

呀哇！相逢宇宙！貝瑞塔就在那裡！

而且不知道為什麼，她身上只圍了一條白色浴巾！

和剛才的情景剛好相反，換成我轉身時就站在我視線前方的貝瑞塔——看來應該是在二樓的浴室沖完澡後走下樓的。

然後跟我一樣打算享用出浴後的義式奶凍，結果和我碰個正著了。

把沒有戴角膜變色片的藍綠色眼睛睜得像盤子一樣圓的貝瑞塔接著……

「……居、居然半夜埋伏在這種地方，你想做什麼！而且還只穿一條內褲！剛才只不過稍微對你好一點就得意忘形！這隻豬！Mamma mia！」

臉紅到足以匹敵亞莉亞的程度，並做出表示憤怒的擲球進場動作。但這就是她最大的失誤。

沒有胸部可以勾住的浴巾就像圍在圓柱上的布一樣，「唰！」地直直落下！

「──呀哇！」

老是窩在地下室的貝瑞塔．貝瑞塔大小姐白到不能再白的白人身體──從上到下全都露──

（──休想得逞！）

──出來之前，我發揮出死前驚人的專注力。

彷彿配合落下的浴巾般，我也迅速趴下身體。

為了不要讓自己變成爆發模式，而發揮有如爆發模式的速度。

只要全身趴到地上，我就不會看到貝瑞塔的白皙身體，也能清楚表示自己沒有看到。畢竟在國外肢體語言是很重要的。

雖然變成像是在對貝瑞塔磕頭的姿勢，不過我成功迴避和女生同居時經常會發生的爆發危機啦──可是我的安心並沒有持續多久。

因為這時我才發現到自己平常總是在內心大肆稱讚的義大利建築有個重大缺陷。

磨得像鏡子一樣光滑的白色大理石地板……！一方面也因為有大量月光從窗外透進來的緣故，讓地板變得不只是『像鏡子一樣』，而是成為了真的鏡子！讓、讓我看到啦……！

（地、地板……！）

貝瑞塔那雙像小孩子般纖細，但線條上明顯可以知道是女性的腳。

感覺用雙手就能完全掌握，反而醞釀出迷你尺寸特有魅力的屁股。

缺乏凹凸起伏，一看就是幼兒體型的腰部。

遲來的二次性徵輪廓才剛浮現出來，但感覺肯定還是很有彈性的胸部。

總之就是她全裸的身體上下顛倒地映在地板上——讓、讓我看到……！

對了！我只要閉上眼睛就行啦！很好，這樣一來就Safe……！

「——蕾姬！莎拉！給我揍死這隻色豬！」

根本OUT了嘛！這種時候不應該是留下來思考對策，而是要早早開溜才對啊！我這個笨蛋！

聽到貝瑞塔如哭喊般的尖叫聲，大概在睡覺的蕾姬與莎拉便「唰——！」地像忍者一樣來到廚房。聞到她們氣味的我忍不住張開眼睛——發現這兩位睡覺不換睡衣的人種各自都穿著裙子，站在幾乎要跨在我頭上的近距離。而她們的身影也上下顛倒地清楚映在地板上，我光是為了不要看到她們同樣都是白木棉材質的某種美妙物體，就焦急到不行了。

「——嗚、喂！住手！武偵法第九條——雖然義大利沒有，但十誡也有規定不可殺人啊。生命是無可取代的……！」

對我說的話當然是不聽不聞的蕾姬與莎拉，分別用槍托和弓的末端不斷毆打我。

從她們不開槍不射箭的行動上看來，她們有確實遵守雇主貝瑞塔說『揍死』的命令呢。但那也就是說，我要死了嗎！

「——不要！請不要殺掉主人！」

麗莎這時趕到現場。但這傢伙穿的是下半身呈現飄逸裙子狀的連身睡衣，在這些人之中大腿看得最清楚……！這是什麼歐洲美少女裸足博覽會？

而她雖然姑且有出手制止蕾姬、莎拉以及連浴巾都忘了撿起來就狂踹我的貝瑞塔——但現在只有月光沒辦法讓她變身成熱沃當之獸，因此幾乎沒有戰力。她甚至還撞到貝瑞塔失去平衡，一腳踩在我頭上啦。嗚嗚……！

對人類來說，能夠把臉部與腹部等等重要部位遮起來的縮頭烏龜動作，是防禦力最高的姿勢。然而再怎麼高也有個限度。

我就像以前在白金漢宮前遭衛兵痛毆時一樣被狠狠修理一頓後，明明都快死了卻被貝瑞塔下達『給我睡在客廳地板！』的命令。而且一旁還有抱著德拉古諾夫蹲坐地上睡覺的蕾姬，與把弓放在大腿上用小鳥坐姿勢睡覺的莎拉監視著。

另外為了防止我對蕾姬&莎拉做什麼怪事，穿上紅色背帶裙睡衣的貝瑞塔大小姐還睡在沙發上親自監視我。這是什麼強力的金次監視三角網？只有麗莎可以上樓舒舒服服睡覺的這點也讓我不太能接受啊。

因為客廳也是大理石地板，硬得讓我根本睡不著。於是兩點左右的時候，我打算偷偷開溜而動了一下……結果蕾姬茶褐色的眼睛與莎拉鈷藍色的眼睛立刻睜開。妳們是裝有動態感應器的監視攝影機嗎？

就在我因此悶悶不樂的時候，貝瑞塔也睜開了眼睛。

看來她是在和平常不一樣的地方睡覺而睡不太好的樣子。而且今晚也有點悶熱嘛。

「……妳睡不著嗎？」

「還不是你害的。你好像也一樣喔？」

「因為蕾姬和莎拉明明動也沒動，存在感卻很強烈啊。這種狀態下根本沒辦法好好睡覺。更何況地板硬得要命，妳至少也給我一條毯子鋪在下面吧。」

「區區一隻豬竟敢要求飼主。現在去拿也很麻煩，這條你就拿去啦。」

——貝瑞塔說著，把蓋在自己肚子上的毛毯朝我丟過來。

於是我心懷感激地把它鋪到地上，卻發現……呃……毛毯上沾滿貝瑞塔像橄欖一樣的氣味啊……以爆發方面來講這根本就是針毯嘛。

「做為借毛毯給你的回報，你說說日本動畫的事情給我聽。最近日本都流行些什麼？」

似乎是個短眠者的貝瑞塔看來很會熬夜的樣子——

結果她趴在沙發上用手撐著雙頰，開心地向我提出深夜的動畫座談。話說她那件附罩杯的背帶裙睡衣胸口鬆到不行，總覺得縫隙深處會看到什麼不得了的物體，對我心臟很不好。女人真的是無時無刻都在對我投下爆發性炸彈啊。

「那方面的事情是理……我朋友比較熟。聽說現在好像在流行什麼跟輕音樂有關的動畫。」

「你至少也把標題記起來呀，豬。然後呢？有沒有巨大機器人作品？」

瞇起眼角尖銳的雙眼，開開心心對我說話的貝瑞塔……雖然人格上依舊是虐待狂……但感覺變得對我稍微比較好了。

自從羅潔塔以及水手火星那兩件事之後。

不知道她能不能也順便放棄債權，解除對我的拘禁呢？要是在這種都是女人的屋子繼續住下去，我的壽命會急速縮減的啊。雖然我在東京時好像也是這樣啦。

4彈　貝瑞塔・金次樣式

「主人早安。大小姐早安。」

自己一個人睡得飽飽的，讓肌膚和淡金色的秀髮都充滿光澤的麗莎——如今已經徹底包辦起貝瑞塔家的家事了。而且和原本就負責照顧貝瑞塔的艾爾瑪也相處得愉快，人際關係能力真的強到不行。能不能稍微分一點給我啊？

不過現在——

幫我調整著領帶的麗莎身上穿的不是平常那套水手女僕裝，而是黑色質料的所謂正統派女僕裝。因為是長裙的關係，對我個人來講是很高興啦……

仔細看看，她左肩的蓬蓬袖下方貼有一塊武偵徽章的繡布。

難道這就是麗莎的黑制服？

「……麗莎妳今天是那個嗎？以前提過的武偵等級測驗日？」

羅馬武偵高中的等級測驗會依據等級與專門領域而在不同日子舉行。

看來今天是無級者的救護科測驗日了。

「是的。所以今天麗莎也會跟主人一起去武偵高中喔。」

雖然女生制服也是只要黑色就好，沒有規定樣式，不過麗莎穿上普通女僕裝就像在角色扮演一樣，反而讓人覺得很新鮮呢。至於她的背包上繡有一隻金色野狼的事情，我到現在還是覺得未免把自己真面目的線索提供得太明顯了吧？

羅馬今天依舊是晴朗的五月天空。

我們眺望著褐色大地上零零星星的義大利石松，在貝瑞塔稍微有點進步的龜速駕駛中抵達喬久內區——

從五人座的法拉利 California 下車後……

「這就是羅馬武偵高中……！能夠來到武偵高中的發源地，麗莎真是太感動了。」

麗莎頓時眼神閃閃發亮，趁下午測驗開始前獨自跑去參觀校內了。

而我和貝瑞塔則是來到E３班教室……看見已經先來的齊雅拉與安娜瑪莉亞露出傷腦筋的表情。

「妳們怎麼啦？」

「……奇怪？阿蘭到哪裡去了？」

聽到貝瑞塔和我這樣一問……

「牠不見了。拉斐爾也在找牠。」

「牠早上應該都會在這間教室的說……」

小獅子阿蘭似乎不見蹤影的樣子。

真是怪了。那傢伙明明咬我的小腿咬上癮，每天早上都會追著我跑才對。

阿蘭在E3班是有如吉祥物的存在，班上大家都很疼愛牠。雖然因為牠好像有點瞧不起我而總是找我麻煩，就算在教室我也很煩……不過一旦不在又會讓我覺得擔心啊。畢竟牠在年紀上也還只是個小嬰兒。

後來到學校的法蘭西斯科與丹尼爾——似乎也沒看到阿蘭的蹤影。

就在這時……

「找到了，阿蘭牠……！」

拉斐爾連平常不離手的點心麵包都沒拿，氣喘吁吁地跑進教室。

「牠在哪裡！」

比其他人都疼愛阿蘭的貝瑞塔立刻著急詢問後——

「就是……啊啊，我都不知道該怎麼辦才好了。噢噢，神啊……」

怎麼回事？我總有一種不好的預感。阿蘭究竟發生什麼事了？

在拉斐爾的帶路下，E3班的成員們……來到鍋子底，十角形中庭的某個角落。

在那裡可以看到昨天那些A1班的帥哥軍團們聚在一起不知道在笑什麼。另外羅潔塔也坐在一塊崩塌得比較矮的遺跡牆壁上。

似乎在進行射擊訓練的那群傢伙——「啪！」地用裝有消音器的傑里科941手槍射擊的標靶……

（……阿蘭……！）

教人臉色發青地，他們的標靶竟然是被吊在傾斜遺跡柱子上的——阿蘭！

「阿蘭！」

「——你們在做什麼！」

貝瑞塔發出尖叫聲，我在中庭衝過去，其他人也立刻跟在我的後面。

然而——

「Allora（唉呦），你們總算來了。Buon giorno（早安）。」

一臉奸笑的羅潔塔用眼神示意，讓刺青的羅密歐把槍口轉過來制止了我們。

全部隸屬強襲科的A1班男生們也嘻皮笑臉地看向我們。

「你們別吵，會害我瞄不準的。」

「不用擔心啦，我們又不會真的擊中牠。」

「我們只是在比賽誰能射得最接近又不擊中牠啊。」

……怎麼會、做出這種事……！

被吊在三公尺高的阿蘭雖然全身癱軟無力——但的確還毫髮無傷。

可是這種比賽到最後不就是會擊中牠嗎！

「阿蘭——羅潔塔妳不要這樣！為什麼要做這種事！」

本來就很白的臉蛋變得更蒼白的貝瑞塔用尖銳的聲音哭喊著。

——為什麼要做這種事？

那種事……不用想也知道。就是為了把我們，不對，是把我叫出來啊。

羅潔塔她……和貝瑞塔總是在競爭。

所以她打算讓自己的手下與貝瑞塔的手下——也就是我交手一場。

然後把明顯比較弱的我打敗。

接著到處宣傳這件事，使得把錢借貸給這種弱者的貝瑞塔在公司內評價變得更差……相對使羅潔塔在繼承者競爭中變得有利。看來對方也是個熱衷從商的女人啊。

「原本S級的外來同學啊，我勸你在羅馬別太囂張比較好喔？昨天那件事，就讓我們來做個了斷吧。」

羅密歐露出一臉知道自己會贏的表情——指名要我出面。

不過這也是羅潔塔指示他這麼做的。用警告我這個囂張新人的名義，但簡單講就是要欺負貝瑞塔。因為她知道貝瑞塔非常疼愛那隻小獅子的事情。

你們這群傢伙，給我差不多一點喔……？

我自己被欺負倒沒什麼關係，不過我最討厭看到有人欺負別人啦。

另外姑且不論我遭到虐待，我也最討厭看到有人虐待動物了。

我好久沒這樣發飆了。看我用幻夢爆發修理你們。就算會有對卒——腦溢血的風險，這次我也真的忍無可忍。

阿蘭雖然經常咬我，但牠可是E3班大家疼愛的動物。

E3班對於遭到東京流放的我也願意親切相處，還幫我舉辦了歡迎會。現在就是我報恩的時候了，我就拚上自己的身體吧。

「Va bene（好啊），羅密歐。剛好我也想射擊訓練一下。就讓我把你跟阿蘭互換吊起來，對你做同樣的事情。」

才剛轉學過來就打架，或許會讓教務科對我的印象變差，但那是兩回事。

反正這裡可是隨隨便便的國家——義大利嘛。

「金次……！羅密歐的父親可是和黑手黨也有關係的國會議員啊。」

「就算殺了人也可以輕鬆抹消案底，所以他真的會殺了你的，而且會用狡猾的手段。」

「不只是這樣。羅密歐在A1班上是最強的，不管格鬥還是用槍都很厲害……」

E3班的大家紛紛在為我擔心，不過我利用這個機會……

「哦哦，這麼一說我想起來了……我把槍忘在車上啦。等我五分鐘，我去拿來。」

用笨拙的演技向A1班那群人要求讓我可以進入幻夢爆發用的時間。結果——

「——齁齁齁！你打算臨陣脫逃是吧。」

「喂喂喂，這樣沒意思啊！」

「不，那樣最好啦！」

A1班的羅潔塔與帥哥們都大笑起來。原來如此，在義大利說等五分鐘就是等三十分鐘的意思。到時候都開始上課了。

「日本人說五分鐘就是五分鐘。」

我丟下這句話後，便轉身離開中庭。

背對A1班的笑聲，以及E3班相信著我的視線。

幻夢爆發是透過白日夢的爆發模式，利用記憶與想像自發性誘使爆發模式的行為。但畢竟我一直以來都在迴避那樣的感情，所以對女生的想像力比普通男生還差。要是不專心一點，就會無法進入。

——因此我躲到走廊陰影處，做好覺悟——

首先為了排除腦中的雜念，閉上眼睛深呼吸。

用鼻子深深地……深深地……吸了一口氣……

（……？）

怎麼好像聞到……像楓糖一樣的、女孩子的甘甜香氣？

呃，我已經可以幻想到對嗅覺都能產生影響的程度了嗎？會不會太快啦？

疑惑的我不禁睜開眼睛……

「主人，麗莎因為聽到聲音，所以從校舍窗口——看到剛才發生的事情了。主人不用客氣，請**使用**麗莎吧。」

看到一身黑色女僕裝——搭配白色下半身圍裙的麗莎居然就在那裡！而且不知不覺間就用雙手抓起我的雙手，露出臉頰染成粉紅色的認真表情，逼近到我眼前。

「呃，麗莎，那個……！什、什麼叫請使用——」

我之所以在這種時候還變得支支吾吾，是因為麗莎正把我的手拉向她自己的身體。

「為了讓主人進入ＨＳＳ，不管上半身也好下半身也好，請主人盡情挑選自己喜歡的部位……將手放入貼身衣物裡面，直接撫摸吧……！」

麗莎似乎是在伊．Ｕ時代聽理子或佩特拉提過的關係——知道我爆發模式的作用方式。而且在知情的狀況下自願提供身體給我使用的樣子。

「可、可是，故意主動進入爆發模式什麼的……

那種事情我是第一次啊。

只是為了戰鬥，也就是為了個人自私的理由而觸碰女生身體什麼的。做那種事情沒關係嗎？不會違反倫理嗎？

畢竟，我雖然知道得並不詳細——但這本來應該是相愛的兩人培養情感的行為才對——

「等、等一下，麗莎。那、那種事情……」

無法做好心理準備的我在慌張狀態下想要把手縮回來。

但是麗莎毫不退讓。用她天生柔和的臉蛋露出難耐的表情。

「麗莎——不過是個卑賤的女僕，是個婢女。麗莎很清楚，靠麗莎這種下等貨色很難讓主人進入ＨＳＳ。即便如此……麗莎還是希望能幫上主人的忙呀……」

麗莎哪裡是什麼下等貨色？她毫無疑問肯定會讓我進入爆發模式的。我有這樣的確信。

可是，即使這樣，但這個，是不對的事情吧！居然主動進入什麼的……！

「就算只是一時的關係也好，就算主人用完就丟，事後全都遺忘也沒關係。但懇請主人，實現麗莎的心願吧……！」

不、不妙。越是覺得這種事情不應該，我就不知道為什麼越能感受到血流產生爆發性的脈動。

而麗莎也很眼尖地察覺我的反應……

「上衣的鈕扣較多，想必會讓主人不耐煩。就請從這裡——」

她說著，抓住我的左手——喂，等、等等啊！

居然自己把長裙從旁邊撩起來了！麗莎白嫩的大腿都露出來啦！連她果然有穿在裙子底下的吊襪帶也都露了出來！

邊緣有較大的白色荷葉邊裝飾的黑色裙襬蓋住我被麗莎拉進底下的手。這是讓我看起來彷彿自己把麗莎裙子掀起的視覺性演出。真是了不起的點子啊，麗莎。虧妳能在這樣短短一瞬間想到這種層面。

「……主、主人……請吧，不用客氣……」

麗莎把發燙的臉蛋靠近我的肩膀，就像是要把注意力集中在楓糖般甘甜的氣息——以及將要到來的快感似的，緊緊閉上眼睛……

「……請、蹂躪麗莎……粗暴對待麗莎吧……」

然後在我耳邊如此小聲呢喃。

等等、麗莎小姐剛剛、是不是說過『把手放進貼身衣物裡面』什麼的？

這、這裡講的貼身衣物就是……這……這不行啊！再怎麼說都太誇張了！我可不是勇猛到可以踩躪那種地方的勇者！話說這什麼意思？麗莎希望被粗暴對待嗎？是和虐待狂的貝瑞塔相對的被虐狂嗎？

「不、不行啊，麗莎，我──辦、辦不到那種事情！」

我大叫著，用力把左手往上縮，卻因此犯了最大的錯誤。

「嘿！」

麗莎透過既然硬上不行就用誘導的動作，跟著把手也拉起來。結果一半是因為我自己的動作，一半是因為麗莎的動作──

「……嗚…………！」

「Mo……oi……！」

搞、搞砸啦！雖然是從衣服上面！

可是我不乖的左手，把麗莎像哈密瓜一樣、豐腴到彷彿會從內側將樸素黑色女僕裝撐破的右邊巨乳、捧起來似地、抓起來了！真是不乖！

（好沉重……！）

麗莎那軟趴趴地很煽情，輕易就能改變形狀的胸部──就像裡面裝滿牛奶般沉重地壓在我的手上，簡直有如捧起一團剛打好的巨大麻糬。

捧起豐腴嫩肉的驚愕感受，害我當場全身僵硬──

結果回過神時麗莎的右手已經放開我的左手，露出半哭半喜的表情……輕輕咬住自己的拇指。

「主人……請不要、只摸一邊兒呀……」

不妙，感覺反而是麗莎比我先打開開關了。話說什麼叫『一邊兒』啦。

「請答應、麗莎的任性要求好嗎……？」

糟糕！這麼說來，麗莎明明平常都表現得一副有氣質又溫順的，但只要進入這樣的狀況就會變成一個莫名纏人又好色的女人啊。我怎麼可以忘記這麼重要的情報啦！

話說——這次換成右邊了！

麗莎用雙手抓起我的右手，引導向她的惡魔身材。

麗莎的兩手VS我的單手。就算男女之間有力量差，給我來兩倍我也會撐不住。但是如果我把左手放開，麗莎的右胸——肯定會當場彈呀彈的。那種畫面光是想像起來都很恐怖，讓我遲遲無法放開左手。

就這樣——在麗莎的引導下，軟、綿綿地……啊啊……啊啊啊……

「……噢噢……麗莎好幸福……主人……好舒服……Heel Mooi……！」

麗莎陶醉地、深情唱歌似的，用泛著興奮淚光的眼眸進入『Heel Mooi（真是太棒了）』狀態。

我終究、還是用雙手、捧起來啦……！

把那對幾乎把女僕裝的鈕扣都撐爆的、彷彿軟綿綿麵包的女肉……！好軟……

好大……！

「主人，嗚、呀、嗚、呀！請鼓起勇氣、用力、捏、捏下去吧……？」

——您叫我捏下去嗎！

怎、怎麼可以！要是我把這裝滿牛奶的玩意用力捏下去，它不會爆掉嗎！不行！

我做不——對於如此有奉獻精神的妳，我可做不到那樣粗魯的事情呢……

——我靠著爆發模式下的腦袋回頭計算時間……

當我回到中庭的時候，剛剛好就是五分鐘。

「唉呦。」

「哦！真的回來了。」

「我還打賭會開溜的說。」

A1班那群人大概是不喜歡不戰而勝的感覺，都乖乖待在那裡等我回來。

但我暫時先不理會那些人的存在——而是轉向貝瑞塔……

「妳以為我逃掉了？」

稍微彎下腰，在她耳邊出其不意地如此說道。

「……你跑去做什麼了啦！快點去救阿蘭呀……！」

她沒回答我呢。看來是有點懷疑過的樣子。

不過這也是我自作自受吧。畢竟到義大利之後，我都只有讓貝瑞塔看過平常那個我嘛。

「以七龍珠來講，我是去調整了一下自己的『氣』啦。」

我總不能跟她講說自己是去摸了麗莎的胸部，所以稍微撒了一點謊。

男人在女人的事情上對女人撒的謊不叫謊言，那是一種禮儀，是體貼對方。

我接著對露出求助又擔心的眼神望向我的E3班成員們——

「昨天真是抱歉。明明大家都在忍耐，我卻忍耐不下去……惹那些傢伙生氣了。這筆帳我這就去算個清楚。」

如此說道，並準備走向A1班那些人的時候……

貝瑞塔忽然拉了一下我的袖子。

「？」

於是我轉回頭——看到貝瑞塔把她占為己有、帶在身上的手槍——貝瑞塔・金次樣式從上衣中掏出來，並吊起她細長的眉毛……

「——Forza.（加油）」

在這時把槍還給我。

「太好了。因為妳之前送我的禮物——那把槍我為了好好珍藏，所以一直都放在家裡。但畢竟攜帶槍械是學校的規定，這下我總算不用繼續違反校規啦。」

面對回想起竹筷槍的事情並露出柔和微笑的我……

貝瑞塔表現得有點驚訝。

她或許以前有從影片看過，但親眼目睹現在這個我還是忍不住驚訝呢。

「金次，要是你輸了——我們也會上。」

「就算要吃上子彈，我們也會把你和阿蘭救出來。」

「絕對會。」

如此對我說的拉斐爾、法蘭西斯科與丹尼爾……都微微在發抖。

不過還是謝謝你們。你們要好好珍惜那份勇氣喔。

「我的事情你們就不用在意了。不管到哪裡，新人總是會受到關照的。齊雅拉、安娜瑪莉亞——還有貝瑞塔，妳們退到後面去吧。這種要弄髒雙手的事情，交給男人就好。」

我對女生們留下這句甜美話語後……彷彿散步似地在草皮上往前走去。

從對面也走出一個人。果不其然，就是A1班最強的男人，刺青的羅密歐。

姑且不論人格如何……這傢伙一看就知道是個菁英，充滿強悍古羅馬人後代的存在感。

就這樣，在化為小競技場的中庭中央——我與羅密歐互相對峙。

「我說，外來人，咱們就別用槍了吧。畢竟我也有一份慈悲心，而且要是太吵又會被老師出面制止啦。」

還真是眼尖啊，羅密歐。

他是看到貝瑞塔把槍遞給我，判斷這可能是一把不知道有什麼功能的改造槍……

因此搶先排除掉不確定的要素了。不愧是A級武偵。

「這麼說也對。我也不想用心愛的貝瑞塔對付你這種貨色。」

讀出風向，用站在下風處的貝瑞塔大小姐勉強可以聽到的聲量如此說道的我——是個即便在打架的時候也不忘要逗女性怦然心動的頑皮男人，真是討厭呢。

「『你這種貨色』是嗎……」

羅密歐頓時額頭冒出青筋，咧嘴一笑——

……啊啊，他這是打算殺了我啊。打算要用槍啊。從他的眼神我多多少少看出來了。

原來在羅馬也有這種有衝勁的年輕人。我稍微對義大利人改觀了呢。

不過他要是殺死我——在金錢方面就會變得有點複雜。

首先，貝瑞塔有說過『如果是殺人，保險金就下不來』。

當然，羅密歐想必也沒打算承擔這項罪名吧。

但是應該也不會被當成意外事故處理掉。

因為如果是意外事故，貝瑞塔就能拿到錢。這不是羅潔塔所樂見的事情。

（這樣看來——對方應該是打算把殺死我的罪名誣賴到貝瑞塔身上。）

唉呀，畢竟這裡是以腐敗政治出名的國家義大利，這點程度的事情應該不算什麼難事吧。

而這個劇本我猜應該是羅潔塔寫出來的。設想周到，真是教人佩服呢。

「金次，你那樣舔死亡商人——舔貝瑞塔那種人的鞋子，都不會受良心苛責嗎？」

羅密歐似乎也理解這是羅潔塔與貝瑞塔之間的一場代理戰爭，於是——

「總比設計出這個場面的你上司的鞋子好多啦。」

我也回應暗示他我知道這件事。

「居然跟死神借錢，你也太大膽了吧，嗯？」

「這件事跟借錢無關。跟貝瑞塔被誰叫成什麼也無關。我只是要保護她，還有她寶貝的阿蘭。」

爆發模式下的耳朵這時聽到背後——貝瑞塔的心『揪』了一下。

你又埋下奇怪的種子啦，爆發金。

「好啦，羅密歐，你打算怎樣？不用槍，徒手戰鬥嗎？我是連刀子都忘了帶來，不過你想用什麼都隨便你喔。」

聽到我這麼表示後……

「我準備了羅馬名產。」

羅密歐說著，從胸口掏出來的是——鋼鐵手銬。

原來如此，他想指定的方式是從古代羅馬競技場就採行的——

「——鎖鏈生死戰啊。」

「沒錯。」

用鎖鏈扣住雙方的手腕，讓彼此都無法逃跑，只能一直打下去的死鬥方式。

雖然這是在各國武偵高中都會使用的打架方法，不過他拿出來的鎖鏈比日本用的還短，根本就是一般的手銬。原來在發源地羅馬是用這種玩意啊。

「手銬這種東西我可是已經**習慣**囉。我以前被MI6還有日本警察都有銬過。」

我說著，把左手伸出去——「喀鏘！」一聲先銬上鐵環。

「……是喔！」

喀鏘！

羅密歐接著對我的右手也銬上手銬。

——這下只有我被手銬銬住了。

A1班爆笑的聲音以及E3班「太卑鄙了！」「住手！」的大叫聲互相交錯。

「這畫面可以清楚顯示出E級的傢伙是多無能的奴隸了吧？」

彷彿在宣告一場秀即將開始似的，羅密歐露出笑臉，大大張開只有他自己自由的雙手。

據說在古代羅馬競技場——

羅馬人會使用絕對能贏的裝備虐殺從羅馬外抓回來的異教徒。

這就是那歷史畫面的重現啊。充滿嗜虐的感覺。

——接著伴隨「唰！」一陣風聲——碰……！

羅密歐的右拳深深揍入我的腹部。

「……嗚……！」

好重！這根本超越徒手毆打的程度了，簡直像砲彈一樣。

仔細看看，羅密歐手中不知不覺間握著一顆像啞鈴末端的鐵球。

我不禁跪下膝蓋後——頭部又「碰！」地被第二發鐵拳擊中。那不是用拳頭，幾乎是直接用鐵球毆打。

面對當場仰天倒在地上的我……羅密歐低頭睥睨著……

「東京也是一樣吧——在武偵高中，難免會有年輕的生命散落。給我站起來。」

他在等我。不管怎樣都打算靠鐵球拳擊修理我是吧。

「如果你有辦法讓它散落，那你就試看看吧。」

我搖搖晃晃地站起身子後——

碰！磅！沉重的拳頭又毫不客氣地揍過來。

「——怎麼啦？快動手啊，新人？」

「哦哦，對了，他的手不能用嘛。哈哈！」

「上啊！羅密歐！殺了他！」

就像羅馬競技場的殘酷觀眾一樣，Ａ１班的傢伙們大聲歡呼著。

羅密歐對銬著手銬的我不斷嘲笑……

我想我應該已經讓他揍得夠爽了……

（到這邊就夠了吧？）

於是我承受他朝我下顎用力往上揮的一記上勾拳——「碰！」一聲趴倒在地面上。

「金次！」

「你真的打算殺人啊！」

「快住手！」

畢竟E3班的大家哭喊的聲音也讓我開始覺得可憐了。

「……雖然我平常是不太會做這種事情啦。」

於是倒在地上的我像在自言自語似地小聲呢喃後——站起身子。

把沾在黑色制服上會很顯眼的草屑**用左右雙手拍打掉**。

——骨克己。自己讓關節脫臼以從束縛脫逃出來的遠山家逃脫術。

雖然**脫臼**的階段是可以靠自己的力量，或者說靠扭轉關節的方式辦到。但**裝回去**的階段就需要某種外力輔助。因此我剛剛才會故意讓羅密歐擊中下顎，並順著倒向地面的力道把關節裝回去了。

看到我雙手竟然變得自由，羅密歐當場瞪大他藍色的眼睛。

「我決定先讓你嘗點甜頭，然後再稍微修理你一頓。我對男人可是很嚴的喔。」

「…………你把手銬、怎麼了……？」

「剛才不是說過嗎？我早就**習慣**啦。」

「——嗚！」

大概是打算趁我反擊之前先把我幹掉的關係……

羅密歐又握著鐵球揍過來——於是我把它們沒收了。左右兩顆一起。

然後把黑色的鐵球「啪、啪」地丟在腳邊。

「…………！」

變得雙手空空的羅密歐頓時眨眨眼睛看向自己手心——

我難得秀了一手井筒奪術的說，他卻好像沒有很開心的樣子。

A1班的各位觀眾們也只是傻在那裡。唉呀，畢竟這招式不太容易看出來嘛。

「……我是不是表演個稍微再明顯一點的華麗招式比較好？話雖如此，但如果要不殺掉你，能用的招式也有限啊。」

「……嗚……！」

羅密歐——好歹也是個A級武偵。

雖然以A級來講有點嫌慢，不過我稍微嚇唬一下後，他似乎就看出我的實力。

我都還沒真的揍他，他就露出像是被揍的表情了。

「哦哦，你放心。我跟你不一樣，我有日本武偵法第九條的枷鎖。雖然我還沒搞清楚那在EU是否也通用啦。」

『撤退得快』似乎是義大利人武偵的家傳絕活，羅密歐一副就是想快點逃走的樣子。然而……

『在女人面前會加油』也是義大利人的家傳絕活。

羅密歐朝羅潔塔瞥了一眼，就忍住不逃啦。真勇敢呢。

「不……不要退縮啊，羅密歐！」

「剛才已經揍過那麼多下！那傢伙肯定已經到極限了！」

Ａ１班的帥哥們如此聲援著羅密歐，不過……

唉呀，就算不考慮鐵球攻擊，他也的確比伊澤里昂強得多啦。

但是跟賽恩・龐德比起來就根本是小兒科了。即使把鐵球攻擊算進去也一樣。

「對了。我有想到一個招式覺得應該可行，但還沒嘗試過。就拿你來試招吧。羅密歐，你平常有沒有好好攝取鈣質？」

「為、為什麼要問那種事？」

「畢竟我也有一份慈悲心，想說就打你骨頭比較硬的部位——也就是頭蓋骨。但如果你骨頭太脆弱，就會被敲碎吧？」

我故意講得很恐怖來嚇唬他，結果……

「住手。拜託你到這邊就好了。」

額頭滲出冷汗的羅密歐用只讓我聽到的聲音對我講出這樣一句話。

「如果阿蘭會講話，牠肯定也會那樣說吧。」

我說著——站到羅密歐面前，啪！

賞了他一記不完全櫻花的……敲額頭。只用上食指的三個關節。

當然我還是有稍微手下留情，但羅密歐卻當場伴隨著「咻咻——！」的聲音，像被人揮甩的棒子一樣縱向旋轉了一又四分之一圈，然後「碰！」一聲從背部摔在草地上。人類像棒子一樣轉圈圈的畫面雖然在交通事故上經常會看到，可是……呃、爆發金的攻擊力會不會太強了點……？

……糟糕……我好像搞砸啦……

你看Ａ１班的那群人都臉色發青地傻在那裡了。

對付男人的時候，我就是很不會抓放水的平衡點呢。

如果是一般人或許當場就斃命了，不過現在的對手是有鍛鍊過的Ａ級武偵——

「……我……我投降。我不想繼續跟怪物打架了！」

看起來還活得好好的羅密歐用一臉快吐的表情稍微撐起上半身。

而Ｅ３班的大家聽到羅密歐這句對我有點失禮的敗北宣言後，便發出歡呼聲衝了過來。一半的人跑向我，一半的人跑向阿蘭。

「你、你到底是什麼人……」

痛得呻吟的羅密歐對我如此問道。看來他願意讓我講那句話呢，真是高興。

「我只是個——普通的高中**三年級生**啦。在一間偏差值……我不知道這國家有沒有這制度，但總之就是在一間個性較野蠻的學校就讀的學生而已。」

雖然在日本來講實際上應該是二年級生，不過在這裡就能笑著如此自稱的我……

轉身背對羅密歐，走向被吊起來的阿蘭。

——啪——！

乾裂的開槍聲頓時傳來。

我才剛把身體轉過去，羅密歐就立刻拔出裝有消音器的傑里科手槍，朝我開槍了。

但是在那聲音傳來之前——

我早就已經頭也沒回地迎擊了。

用像是在摸自己腹部的右手握住貝瑞塔・金次樣式，從左邊腋下朝背後射出9mm子彈——與羅密歐的子彈互撞。也就是背面彈子戲法。

我的子彈朝下，羅密歐的子彈朝上，分別飛向羅密歐腳邊……以及吊著阿蘭的繩索，將它射斷了。畢竟我有算好角度。

「——阿蘭！」

貝瑞塔衝過去抱住小獅子……

「這下事件就算落幕了吧？真不愧是貝瑞塔保養的貝瑞塔，準度無可挑剔。正如妳所見，我偶爾會需要像這樣精密射擊啊。」

「……謝……謝謝……」

貝瑞塔她——對爆發模式的我感到不知所措。因為剛才那招花式射擊，以及或許會讓她覺得是完全不同人的態度與講話方式。

「你剛才……是不是用子彈彈開子彈了？原來你真的能辦到那種事情。」

「我平常是辦不到，不過在美女面前我就能發揮出實力以上的能力。」

我拋著媚眼對她這麼說道。

同時不忘在她平坦的胸口前一公分左右的地方——伸手指著，明確表示我說的『美女』就是她。

這想必就是貝瑞塔從影片中看過的我。和平常不同的，特別的我。就跟在螢幕中演戲的演員與平常的他是不同人物一樣。雖然因為我並不是在扮演什麼虛構角色，所以要說這也是真正的我也沒錯就是了。

「什、什麼美女，你、你、你在胡說什麼啦！你果然腦袋很奇怪。居然說我這種小不點是美、美女……！」

貝瑞塔頓時滿臉通紅、眼睛打轉，看起來腦袋混亂。

畢竟在義大利，像她這種幼兒體型似乎不受異性歡迎的樣子嘛。

對於明明是靠麗莎進入爆發模式卻在勾引貝瑞塔的我，雖然連自己都快看不下去了，不過這是我在東京武偵高中學過的行動。遭人拘禁的時候，要想辦法引發利馬症候群——讓對方提高好感、降低敵意。這是強襲科的參考書上寫的。所以我不是壞男人，壞的全都是東京武偵高中喔。

不過仔細看看，齊雅拉和安娜瑪莉亞也呆呆地望著我，露出『好羨慕貝瑞塔喔』的表情。在日本會感覺太裝模作樣的爆發金，難道在熱情的國度義大利其實很受異性喜歡嗎？

就在我對那些討人厭的優等生修理了一頓，受到E3班男生們喝采的時候……A1班那群人攙扶起羅密歐，準備要夾起尾巴逃跑了。

「那傢伙，隱藏了自己的實力。」

羅密歐用虛弱的眼神轉頭看向我，不過倒是很清楚地看穿了我這點。

他沒有狡辯剛才那是我僥倖或作弊，這方面就不愧是A級武偵了。

而他們的女王大人羅潔塔也──不甘心地朝我們瞥了一眼後，便轉身離開中庭。

「你這個……是剛才倒在地上的時候弄髒的呢。」

貝瑞塔說著，用寶格麗的手帕幫我擦掉袖子的武偵徽章上沾到的泥土。

真難得她會對我做出這麼有女人味的行為。

「──謝謝。讓妳用那麼高級的手帕……」

「咦……不用在意啦。沒有關係……」

貝瑞塔也許是對於自己會這樣體貼我的事情感到困惑的緣故，紅著臉把頭低了下去。

那模樣實在太可愛了，讓我不禁想稍微捉弄她一下。於是──

「今天能看到貝瑞塔難得的一面，讓我有種賺到的感覺呢──又老實，又可愛的貝瑞塔。啊啊，我該怎麼辦？看到那樣的妳，我的心都要被奪走了。」

我輕輕撫摸她飄逸的秀髮，彷彿在催眠似地緩緩對她如此說著。

「什……真是的！你在騙我對不對……你這個人，竟然撒那種謊，就只會騙我……我才不老實也不可愛。這個大騙子，看我等一下好好欺負你！」

她嘴上這麼說，不過槍座裙和革命槍倒是都沒拔出來呢。

而且低著頭微微被頭髮遮住的臉蛋看起來也超開心的。

「等一下嗎？」

「……對現在的你，我會溫柔一點。對這個我在影片中看過、像英雄一樣的你。好啦，沾到的土已經擦乾淨了，差不多回教室去吧……狗子。」

貝瑞塔拉著我被她擦乾淨的袖子——用『狗子』稱呼我呢。

這代表拯救阿蘭的功勞讓我從豬升格為狗了嗎？

上午一小時，下午兩小時。雖然課表上其實應該更長，但是以義大利的換算方式實質上大約三小時左右的課程中……

很丟臉地，我不斷在爆發模式與平常狀態之間來來去去了好幾次。

之所以會這樣，全都是早上那場麗莎爆發體驗害的。如果是不幸的意外事件就算了，然而『利用活生生的女孩子主動進入爆發模式』這種行為，對於相當重視倫理的我來說甚至可以稱之為禁忌。

雖然我並不是對麗莎完全不抱有任何感情，但我認為那就跟大人看的影片或文學作品中，所描寫的『為了自己的慾望，明明沒有愛卻做出那種事情』是很類似的行為。

可是，我居然真的做了。這雙不乖的手，對麗莎那對不乖的胸部。

而且每當我如此感到後悔的同時，又會回想起那對奶球沉重的觸感……引起回想爆發。

不過實際上——

這種進入爆發模式的方法，在遠山家似乎是主流的一種。

雖然我沒有證據，也不想去深入思考，但老爸就有靠老媽那麼做過的嫌疑。另外我也目擊過大哥靠佩特拉那麼做。真是過分的一族呢。

讓我一絲一毫都無法理解的是，麗莎本人當時倒是感覺很開心的樣子……意思是我今後可以隨時靠那種行為進入爆發模式嗎？一想到這種根本沒必要去思考的事情，又讓我進入有點類似幻夢爆發的爆發模式了。

畢竟幻夢爆發好像會導致腦中風，所以我每次進入就會在教室裡一個人冒冷汗——但不知道為什麼，我始終都沒有引發對卒的症狀。

透過自己那樣的現象，我試著自我診斷了一下……看來所謂的對卒……關鍵與其說是幻夢爆發，或許應該說是**長時間**承受腦內麻藥物質的高負擔分泌就會比較容易引發的樣子。

因為幻夢爆發在完全進入之前需要較長一段時間——所以腦內的β腦內啡過量分泌時間毫無疑問會比普通的爆發模式還要長。之前和獅堂交手的時候，或許就是因為我透過幻夢爆發，再加上陷入苦戰導致腎上腺素持續更高度的負荷所以引起發作的。

另外，透過女生進入的天然爆發模式則是……因為金女而進入的那次，是她逼我持續『明明兄妹倆都老大不小了還一起洗澡』這種不合理的苦行結果引起發作的。那或許就是時間拉太長而導致的。

如果我這樣的假說正確，也就是說——

對卒是**根據時間發作**的。

……那是不是早早讓它結束就好了？但那樣的男人不是更過分嗎？

而且像這樣陷入自我厭惡的同時，我又會想到『要早早結束又該怎麼做？給予更強烈的刺激就行了嗎？』之類多餘的想像啊。

像這樣提心吊膽的上課時間總算結束，明明太陽還很高就進入放學時間了。而正當我收拾東西準備回去的時候——

「金次，我們大家一起去海邊吧。當作慶祝今早的勝利。」

拉菲爾忽然對我如此邀約。

「海邊嗎，bene（好耶）。走吧。」

義大利的海不知道究竟是什麼樣子？既然是羅馬的海，那就是地中海吧？

身為日本人對地中海抱有憧憬的我，二話不說就點頭答應後……

「那麼貝瑞塔，接下來去海邊約會囉。」

對旁邊座位上把筆記本收進土黃色包包的貝瑞塔說出這樣有點強硬的話。不過是在她耳邊小聲說，沒有讓其他人聽到。

順道一提，不知該說是幸還是不幸，現在的我是課堂中進入幻夢爆發之後準備要結束的最後殘渣狀態。

「什、什麼？約、約、什、什麼？」

似乎這輩子還沒約會過的貝瑞塔，當場驚訝得讓輕飄飄的秀髮又飄得更高了。

「我想要更多時間和妳聊聊，想要更了解貝瑞塔啊。」

聽到我這句宛如義大利電影的臺詞後——

「…………！」

過度反應的貝瑞塔露出一臉彷彿會聽到「撲通——！」聲響的表情，講不出話來了。

或許對於爆發金來說，亞莉亞類型的女生是很好駕馭的吧。畢竟也習慣了。

「現、現在才五月喔？雖然今年的確比較熱啦，可是這種季節去海邊不是像笨蛋一樣嗎？你們也不要那麼興奮行不行！每個都像小孩子一樣！」

滿臉通紅的貝瑞塔左右亂飄的視線……看向說著「那我們回家拿泳衣！」並快快收拾好東西的齊雅拉與安娜瑪莉亞的胸部。原來如此，簡單講就是貝瑞塔不想穿泳裝啊。

不過以「享受人生」為國是的義大利這些同學們，各個都「畢竟阿蘭也很喜歡游泳嘛！」、「這下要兩輛車才夠，我把老家那輛廂型車借來吧。」地興奮討論著。

而貝瑞塔大人雖然把臉蛋別開——但照她這樣子應該還是會來吧。

我雖然有想過要找麗莎一起去，但要是她在海邊又跟我耍任性我也會傷腦筋。

於是爆發模式也已經結束的我，自己一個人站在羅馬武偵高中的破舊正門前等待了一段時間後……看到拉斐爾駕駛一輛上面明顯標有麵包店名字的老舊廂型車來了。

原來他老家是開麵包店的啊，感覺不意外。

雖然是一輛連保險桿都歪斜的破車，但沒有一個人在意那種事情。畢竟義大利人就是不管再怎麼貧窮也要享受人生，而漸漸被義大利感化的我如今也完全不在意了。

——在駕駛座上是吃著甜點麵包的拉斐爾，副駕駛座上則是小獅子阿蘭。到這邊我都沒什麼意見，但是其他三個男人坐的後座居然還塞了法蘭西斯科帶來的衝浪板。而且是像艘小船一樣的長板，都長到從後車窗伸出去了。

我、丹尼爾與法蘭西斯科就這樣在後座擠來擠去……

「拉斐爾，拜託你要吃東西還是開車選一個吧。」

「法蘭西斯科你有夠擠的，去削掉一點肌肉再坐上來行不行！」

「哇哈哈！等一下我再借你衝浪板，你就別抱怨啦。」

在軋軋作響地走在馬雷大道上的車子內一路吵吵鬧鬧。

這時忽然傳來「叭叭」的喇叭聲，於是我們紛紛把頭探出車外一看——

E３班的女生們在與我們並行的法拉利上對我們招手。戴著香奈兒的閃亮亮太陽眼鏡駕駛那輛敞篷車的……是如今似乎已經可以打到三檔開車的貝瑞塔。她果然來了，而且副駕駛座上還放著一個像籃子的東西。

車後座則是笑臉對我們招手的齊雅拉與安娜瑪莉亞。

還有戴著一頂孔雀羽毛帽的莎拉果然也跟來了。她難道以為我在海邊游一游會逃到西班牙去嗎？雖然爆發金搞不好真的辦得到就是了。

「海啊～！」「海呦海呦～！」

兩輛車上的人都發出歡呼聲——我漸漸可以看到地中海啦。

在海水氣味與波浪聲的迎接中，我們抵達了羅馬・奧斯提亞區的海水浴場——

雖然遠看時我還充滿期待，但近看總覺得跟我的印象不太一樣。沙灘黑黑的，而且有奇怪的海藻被沖到岸上也沒有人清理。

因為還沒到海水浴旺季的關係，看到的人影只有三三兩兩。與海岸隔了一條車道的對面就是整排的一般住家公寓，像是海邊餐廳的咖啡店也關著玻璃門，並綁上鍊條鎖著。

就算如此——但眼前是海啊，大海。

雖然是和東京灣沒什麼兩樣的一片深藍色，不過規模壯大多了。

光是站在岸邊眺望，就會讓人有種連自己都跟著變大的感覺。平常總是占據腦中的各種瑣碎壓力都頓時變輕，或許這對腦袋也很好呢。

如果是我一個人，肯定不會想到要來海邊什麼的吧。每天就只會想著要解決借貸與課業的問題。在這點上，我真該好好感謝一下那群同班同學。

法蘭西斯科與丹尼爾「Bravo（好耶）！」地脫下衣服抱著衝浪板衝進海中，又「好冰啊！」地爆笑出來。齊雅拉和安娜瑪莉亞穿泳裝披著連帽外套，在岸邊潑水嬉戲。拉斐爾則是像隻海豹一樣躺在沙灘上，說著「在海邊吃吃睡睡別有一番風趣啊」，然後和阿蘭一起吃著 Panino 三明治……

……大家看起來都好開心，讓我看著也不禁露出笑臉了。

另外，我看到拉斐爾那樣子肚子都餓啦。畢竟我早上只喝了一杯濃縮咖啡，午休時又因為爆發模式後的睡意而趴在桌上睡覺，都沒吃過東西。

於是我打算去向拉斐爾分點麵包來吃，而走在沙灘上——卻從後面被拉了一下袖子。

轉頭一看，是貝瑞塔提著一個籃子站在那裡。

我還以為她是要把我跟羅密歐打完架之後就一直沒歸還的借貸抵押品（貝瑞塔・金次樣式）討回去，因此……

「妳不是說這樣像小孩子一樣，所以不來海邊的嗎？」

我用非爆發模式時的冷淡語氣挖苦她，先下手為強地扯開話題。結果——

「畢竟我是大人，要照顧那群小孩子呀。我可不是因為你說什麼『約會』才來的喔……這、這個，給你。」

貝瑞塔把白色籃子掀開，遞到我面前。

我探頭一看，發現裡面裝有橢圓形的金屬盒子。是日本常見的便當盒。

「做法我是跟麗莎學來的。就是日本動畫裡稱作『手工便當』的小餐點盒。不過，呃，因為這是失敗作，所以我決定給狗當飼料了。反正你中午好像也沒吃東西嘛。」

貝瑞塔用藍綠色的眼睛不斷偷瞄我，說出這樣莫名冗長的前置說明。

不過既然她把失敗作帶來了也是剛好。畢竟只要是食物，大致上的東西都敢吃，就是我少數優點之一嘛。

「妳可別到事後跟我說要收錢喔？既然是幫忙處理失敗作，妳反而應該扣掉我的借貸欠額才對。」

當我說出這樣理所當然的主張後……

「——你真的有夠失禮耶！」

貝瑞塔大人卻莫名其妙「轟！」地氣到把頭髮都散開來了。呃呃……為什麼……？

平常狀態下的我根本搞不清楚女生的憤怒開關究竟在哪裡啊。

我還是閉嘴乖乖吃好了。

「……」

於是我盤腿坐到沙灘上，拿起便當盒——結果貝瑞塔不知道為什麼也跟著四肢趴下來注視著我。

畢竟是和亞莉亞同類型的貝瑞塔做出來的便當，誰也難料會有什麼妖魔鬼怪裝在裡面。搞不好是像昭昭的爆泡一樣，接觸到空氣中的氧就會爆炸的恐怖便當，因此我小心謹慎地打開蓋子……

咦？比想像中的正常嘛。

左半邊是章魚小熱狗和切得像兔子的蘋果，右半邊是粳米煮的白飯，不過酸梅的部分倒是用橄欖代替了。

「……」

我看不出來這究竟哪裡是失敗作，但不管我說什麼都有惹貝瑞塔生氣的風險——於是我什麼也沒講，安安靜靜開動了。沉默是金啊。

雖然吃起來有點像加州米，不過能吃到白米飯真是教人高興呢。芯有點硬就是了。

「然後呢？」

「嗯？」

「你也說些什麼呀。像是很好吃之類的。在動畫裡通常吃的人都會很開心的說。」

「為什麼吃失敗作還要說感想才行啦？」

我講的明明就很理所當然，可是——喀鏘。

從貝瑞塔的裙下，裝有衰變鈾彈的革命槍露出臉來了。

「——Bu、Buono（真、真好吃）！啊啊真好吃！」

「騙人！一定不好吃對不對！因為你都沒有講話……」

「不，是真的很好吃啦。像白米飯我好久沒吃到了。這就是證據。」

我說著……把一下子就全部吃光的小便當盒，慌慌張張地交還給難過大叫的貝瑞塔。

結果貝瑞塔立刻「嘩——」地飄起她的秀髮……

「是、是喔，原來真的很好吃喔。很好很好，就是要這樣。」

對我露出宛如羅馬太陽般耀眼的笑容。

感覺就像教自己養的狗特技然後成功了一樣，由衷開心的反應。

（……………？）

把我不認為是失敗作的失敗作塞給我吃，看到我把它吃光又那麼開心。謎團是一個接著一個來啊。

可是——在岸邊看著我們竊笑的齊雅拉與安娜瑪莉亞，還有坐在法拉利的座位上彷彿被迫看了一齣鬧劇般露出無趣表情的莎拉，好像都能明白貝瑞塔的心理。能不能麻煩妳們既然知道就教我一下啊，為了我今後的安全保障。

趴在衝浪板上滑水到海浪上，然後又站在衝浪板上回到岸邊……反覆這樣沒什麼特色的衝浪活動，卻依然玩得很開心的法蘭西斯科與丹尼爾笑著走回沙灘上。

接著來到蹲坐在地上呆呆望著海的我面前……

「金次也來游泳吧。」

對我提出了這樣的邀請。

說得也是，去游泳吧。畢竟用小鳥坐的姿勢坐在我旁邊的貝瑞塔雖然從我吃完便當之後心情就很好的樣子，但難保她什麼時候會想起抵押品（貝瑞塔・金次樣式）的事情然後沒收回去嘛。

再說，我本來就不要待在這種美少女身邊比較好。

因此這是讓我可以很自然地戰略性拉開距離的好機會。

反正貝瑞塔起初那麼不想來海邊，所以應該不會想下水游才對。

「說得也對，去游泳吧。我都事先把體育短褲穿在制服底下要當成泳褲了說。」

於是我站起身子——結果貝瑞塔用一臉有話想說的表情抬頭看向我。就在這時……

「貝瑞塔也來嘛，游吧游吧。」

「男女朋友不一起游泳就太可惜了！」

齊雅拉和安娜瑪莉亞也跑過來，講著莫名其妙的發言並拉起貝瑞塔的身體。妳們別搞砸我計畫啊！

「什什什什麼男女朋友！不對不對不對！這傢伙是、呃、是狗呀！Mamma mia！」

貝瑞塔聽到那類的單字會變得臉紅並過度反應似乎是眾所皆知的事情……因此齊雅拉和安娜瑪莉亞都一副「好啦好啦，是是是」地隨便聽聽，並合力脫掉了貝瑞塔的黑制服。

貝瑞塔穿在制服底下的單薄比基尼——因為和我上次目擊到的內衣同樣是紅白相間的條紋樣式，害我一時以為是內衣而心臟差點停了。不過那確實是泳衣，未免太容易讓人搞混了吧。

或許單純只是貝瑞塔喜歡條紋圖案而已。像莎拉乘著風丟過來給她的游泳圈，也是紅白相間的條紋圖案。

話說她居然會把泳衣穿在下面，根本打從一開始就有下水游泳的打算嘛。

就這樣，我聰明的『與美少女保持距離』戰略當場瓦解。雖然手槍有用脫下來的制服包起來藏好，不過脫到只剩一條短褲的我——與變成泳裝＋泳圈打扮的貝瑞塔分別被男生與女生們推向海邊了。

「自從金次來之後，貝瑞塔就變了。以前的她個性有點陰暗，不過現在開朗多啦。」

「她每次和感情很好的金次在一起的時候都感覺很開心。你就多陪陪她吧。」

法蘭西斯科和丹尼爾對我這麼說著，但你們明明就有看過我偶爾在教室被貝瑞塔毆打的樣子，到底是怎麼會認為我們感情很好啦？

如此這般，我和貝瑞塔兩人被大家丟在地中海的岸邊——

海水雖然還有點冰，不過陽光也很強，不至於沒辦法游泳。

「……你打算怎樣？要游嗎？」

打扮變得像是穿內衣亂走的痴女幼女的貝瑞塔，雙手扠在腰上對我如此問道。

「……是啊，我是那樣想。畢竟難得來地中海，就當作是紀念一下。」

「不是那個意思，我是在問你想跟我游嗎？」

來啦，又是這類的問題。

雖然我徹頭徹尾搞不懂對方為什麼會想問這種事情，但是從以前亞莉亞問類似的問題時我回答「我自己一個人就好」，結果就被開槍的八十七次考古題中，我已經學會了正確答案。金次腦內安全指南書中早就寫有模範解答了。正確答案就是……

「沒錯。」

這樣對吧？

「哦、是、是喔。是嗎，這樣喔。那我就陪你游吧。真是拿你沒辦法。」

很好。貝瑞塔雖然一下擺出受不了的動作一下又交抱雙手，不過臉上還是露出忍耐著傻笑的噁心——但確實的笑容。看來我選到了正確的選項。

「來吧，狗。你要用狗爬式也可以，總之來為我護花吧。」

笑得像小孩子一樣的貝瑞塔拉著我的手「啪沙啪沙」地走向海中——

明明說要游泳卻好像不會游，於是用泳圈漂浮在海面上，要我推著泳圈一下往左一下往右。

「啊，金次你看，那邊有飛機。啊！那邊是船呀，是船！」

……起初還說不想來，結果貝瑞塔好像玩得最開心啊？

但身為狗兒無從抱怨，我只能遵照貝瑞塔說著「軍艦利托里奧號出擊！砰啪喀砰～！」的指示，朝她伸手指的方向不斷打水前進。她根本是把我當馬達嘛。

其他男生們在沙灘上把睡著的拉斐爾身體用沙子埋起來，莎拉則是重新綁著垂在頭部左右兩邊的銀髮麻花辮，都沒有理會我們……不過齊雅拉和安娜瑪莉亞那對女子雙人組倒是在距離我和貝瑞塔約二、三十公尺遠的地方一邊游泳，一邊假裝沒在看我們又不斷偷瞄。真受不了，她們到底是在誤會什麼啦。

就在我們游到離岸邊有段距離的時候……

「嗯。」

貝瑞塔在泳圈中央稍微把身體沉下去——用腳丫探找下方。

接著「啊哇哇……」地忽然變得臉色蒼白。

「喂！這隻笨狗！腳、腳踩不到地呀。為什麼跑到這麼深的地方來！」

「是妳指示方向的吧。」

「回去！回去回去回去！會死掉呀！快點！」

陷入驚慌的貝瑞塔在水面下用腳跟朝我的腹部用力踹了過來。

腳跟是比拳頭還硬的部位，而腿部的力量又是手臂的三倍，因此就算對方是外行人或女人小孩子，也應該要小心這部位的攻擊比較好。於是我為了避免下半身危險的地方被踢到——同時也為了游回岸邊，趕緊想要繞到泳圈的另一側……而舉起手臂準備划水的時候……碰！

貝瑞塔竟然真的踢中那個危險的地方了……！

我的身體因此偏向一邊，準備划水的手臂撲了個空——

「……！」

結果我的手肘碰到貝瑞塔的胸部了。如果今天對方換成梅雅或麗莎，應該會柔軟到讓我有爆發性的危險。但是——貝瑞塔因為沒有軟墊，讓我感受到的是硬硬的觸感。

再加上貝瑞塔發出的是……

「嗚呃！」

這種一點也沒女人味的聲音，讓我避開了爆發危機。萬一她叫的是「啊嗯！」之類的就危險啦。

然而危機是一波未平一波又起。

就在貝瑞塔的泳衣因此往上位移的時候……嘩唰！

一波高高的海浪沖過來，蓋過我和貝瑞塔的頭頂。

雖然海浪本身不是什麼大問題——但就在我們「噗哈」地一起把頭伸出水面後……

「？」

……怎麼搞的……現在……

好像有一塊類似大眼罩的東西蓋住了我的右半臉？

……紅白相間的、條紋圖案……

感到奇怪的我用沒被蓋住的左眼往前方一看……發現貝瑞塔大小姐白皙的身體上，膚色面積好像增加了，真是個難解的現象。不對啦，一點都不難解啦！

「……！」

「——！」

……是貝瑞塔大人……上……上半身的……泳衣！

在海浪一沖之下，就被脫掉了！大概是太過平坦沒有地方可以勾住的緣故，結果被我的手肘移位之後又被海浪沖刷，就當場鬆脫了。

然而不幸中的大幸是，她的泳衣應該沒有被沖到大海中。因為蓋在我頭上的……

不幸中的不幸地……這個……這個應該就是，貝瑞塔的、泳衣吧……？

「～～這隻色狗！你、你拿走什麼東西啦！快快快點還給我！」

用左手遮著胸口的貝瑞塔朝我伸出的右手——很不幸地「嚓！」一聲戳中我的眼睛。如果她這樣可以把泳衣抓回去就算了，可是偏偏她又沒抓到。而且因為雙手都放開泳圈的關係，讓貝瑞塔的身體差點沉到海中——

「呀哇噗嚕嚕快還給我噗嚕嚕！」

即便如此，她本著少女的堅持依舊不讓左手放開胸口，而把右手縮回去抓住泳圈。然後又伸過來要把泳衣抓回去，卻又戳到我的眼睛。很痛的好嗎！

「還、還給妳就是了！噗嚕！我不是故意的！我會還給妳，拜託妳冷靜點……！」

就在我差點跟著貝瑞塔一起溺水的時候，碰！磅！

「再怎麼說你也太性急了吧！」

「那種事情應該要忍耐到回家再說呀！反正你們住在一起不是嗎！」

趕到現場的齊雅拉和安娜瑪莉亞，也對明明今天早上英勇拯救阿蘭的我又揍又踹。

然後把紅著臉啜泣的貝瑞塔，用她們自己的身體與游泳圈擋在背後，並且從我頭上把泳衣搶回去，在海中幫貝瑞塔重新穿上了。

我因為女生們的打擊造成的傷害而化為浮屍，漂浮在海面上好一段時間，結果身體徹底涼掉了。比起和羅密歐的那場打架，我在地中海受到的傷害還比較嚴重。

我的臼齒被齊雅拉的上勾拳揍得搖搖晃晃，這肯定牙齦有出血啊。然後像海藻一樣被沖到沙灘上的我，臉色蒼白。眼睛周圍被揍得徹底瘀青，或者應該說是涼到都發綠了。紅、白、綠三色加起來，讓我一張臉就完成了義大利國旗啦。

因為這裡有可以免費使用的自來水，於是我在那裡沖掉頭髮上的海水……而就在我真的像狗一樣用力甩頭的時候……

「……你看到了對不對？」

在泳衣上披了一件外套的貝瑞塔走過來，讓原本白人特有的白色臉頰泛出紅色──這邊倒是日本國旗色呢──看起來依然在生氣的樣子。

「沒看到沒看到。」

實際上真的很幸運地，我當時雖然幾乎看到貝瑞塔整個身體，但重點部位都被她的手臂和泳圈遮著，讓我沒看到。以判斷女性胸部曝光的官方規則來講，應該也能認定為「沒有看到」才對。話說要是在那麼近的距離下真的讓我看到，爆發性炸彈肯定會引爆的。真是好險啊。

蹲坐到沙灘上抱住大腿的我……揮揮手如此否認時……才發現以高度來講，這次換成貝瑞塔下半身的條紋泳褲剛好就在我眼前，於是趕緊從那形狀跟內褲一樣的玩意上把視線別開。

「你那是什麼態度？難道你一點都不想看嗎？」

……嗚，這問題是我至今不太會被問到的類型啊。在金次腦內安全指南書中沒有範例解答，只能現場想出正確答案了。

因為我患有爆發模式這樣的宿疾，所以「不想看」才是我的真心話。但這樣回答搞不好會被對方認為是「妳根本沒有女性魅力」的意思而顯得失禮。

可是「想看」又非常明顯地並不是正確答案。

「……不……呃、那個……」

這問題對於平常狀態的我實在太過難解，讓我只能別開視線變得支支吾吾。

我接著偷瞄貝瑞塔的表情想要找出一點提示，卻發現她也紅著臉緊張我究竟會給出什麼答案。看起來很像是『雖然他如果回答不想看會讓我很受傷，可是如果他說想看又該怎麼辦呀？』的緊繃狀態。

「……」

「……」

沙沙……我們兩人之間頓時只剩下海浪的聲音……

「──我、我收回問題！你、你不用回答沒關係，保持曖昧沒關係。雖然我以前對日本人的曖昧態度生氣過──但不把答案講清楚或許也是一種好答案呢。真是讓我上了一課。」

等待回答等到額頭都冒出汗水的貝瑞塔接著……用緊張的表情一屁股坐到我旁邊。看來她還有事情要跟我講的樣子。請問這次又是什麼啦？

「來，這個拿去，狗子。」

她說著，朝我遞出一個像是小瓶洗髮精的容器……這是什麼？

「五月的紫外線很強的，要塗防晒油才行。」

「我不太容易晒傷啦。」

「這隻笨狗！我是叫你幫我塗呀！在日本動畫中，男生都會幫女生塗的。」

「妳到底是看了什麼動畫啊……話說現在才塗也太慢了吧？應該一開始就要塗了。」

這位大小姐似乎有拿我實現各種日本動畫情節的壞習慣。

「不要囉囉嗦嗦，快點幫我塗！要、要溫柔一點喔？」

貝瑞塔就這樣——把雙手抱在頭後面，仰著身體躺下去了。讓她光滑的腋下都完全露出來。受不了，我可是聽說過腋下其實也帶有爆發性的危險喔？

（既然要塗，我覺得她趴著把背朝向我還比較好的說……）

剛才差點讓我目擊的A罩杯胸部，如瓷器般白皙無瑕的肌膚，微微下凹的肚臍，和男生形狀明顯不同的女生下半身。真是討厭啊。

雖然貝瑞塔與其說是女生還比較像是女童，讓我勉強可以撐住。但女性就是女性。要在女性身體上塗抹滑溜溜的防晒油，對我而言是無比的苦行啊。

萬一我的手指不小心滑進她的泳衣底下，搞不好就會在麗莎之前先對貝瑞塔做出麗莎期望的行為了。

（……要小心啊，金次……一定要撐下去，別讓自己爆發啊……）

我把有如椰奶的白濁油狀物倒在手上，同時思考讓自己能保持冷靜的作戰——我想到了。

就命名為「逆向幻夢」。故意提升自己的恐懼心，撐過這個局面。

畢竟爆發性的血流有時候會因為恐懼而退下去。

那麼對我而言，最恐怖的存在是什麼？毫無疑問就是亞莉亞了。

所以我催眠自己，把貝瑞塔看成是亞莉亞吧。

反正不知是幸還是不幸，貝瑞塔在很多部分跟亞莉亞很相似嘛。像容易生氣的性格啦，平坦像小孩的身材啦。還有雖然顏色髮型不一樣，但頭上都有長角啦。

（……咦？長角……？）

為了幫忙塗防晒油而把身體稍微伸向貝瑞塔上面的我——難道這麼快就已經能把貝瑞塔看成亞莉亞了嗎？未免太厲害了吧。總覺得貝瑞塔看起來好像長出了角……甚至還有雙馬尾。雖然兩邊都很黑就是了。這是怎麼回事？另外還能聞到一股梔子花的氣味也讓人不解。但我要是繼續拖拖拉拉又會被貝瑞塔虐待了，要解謎等一下再說吧。

「那、那麼……我要塗囉。」

「呃、嗯，好呀。」

貝瑞塔紅著雙頰閉上眼睛，露出彷彿在期待我黏膩的手觸碰自己身體的緊張表情。

然後當我的手輕輕摸到她的肚子——

「啊嗯！」

嗚哇，是我剛才手肘碰到她胸部時最不希望她發出的那種聲音。

拜託妳不要發出那種女人的聲音啦！

「嗯……嗯……好癢……呀哈……好癢啦，嗯嗯……」

不只是臉蛋而已，連胸口和腹部都開始泛紅的貝瑞塔把身體一扭，害我的雙手上下都滑進她的泳衣內。超危險的啊！再多滑個一公分就會兩邊同時碰到不應該碰的地方了！而且搞不好是直接碰到！

——劈里！

（……嗯……？）

總覺得……從我背後……好像傳來某種……我很熟悉的聲音。

這是什麼聲音？哦哦對了，是亞莉亞發飆的時候在臉上冒出「D」字形血管的聲音。

奇怪了，為什麼我現在會聽到？呃、嗯……？

我、我的頭髮……痛、痛痛痛痛。怎、怎麼有一撮紅色的細絲變成像手的形狀抓住了我的頭髮，把、把我吊起來了。

「～～～你這個男人呀……！」

……！

這個一千年大概只會有一人的聲帶能夠獲得、有如上天賜予的娃娃聲是……！

「痛、痛痛痛……呃……亞莉亞……！」

——不就是亞莉亞嗎！

亞莉亞小姐本人用念力馬尾把吊起來的我一百八十度轉向，在我面前登場啦！
原來我剛才看貝瑞塔好像長出角來，是因為亞莉亞的影子不偏不倚剛好重疊在她身上的關係！
「我只是稍微沒看到你，你就馬上把魔爪伸向可愛的女孩子……！這個蘿莉控！」
劈里劈里！脖子冒出「I」字形的血管，然後耳朵下方冒出「E」字形的血管，讓「DIE」湊齊的亞莉亞，說出對貝瑞塔大小姐也有點失禮的這句發言。
「亞、亞莉亞，為什麼妳會在這裡……！」
「我不是說過校外旅行Ⅲ會過來嗎！」
露出犬齒大叫的亞莉亞——
「我在校外旅行Ⅰ的時候因為要去媽媽的法庭而缺席，所以Ⅲ會比較長！教務科的校內網站上不就有寫這條規定了嗎吼啊！」
用右邊馬尾抓住我的頭，左邊馬尾抓起我的腳，高舉到頭上後——啪！
對我使出了一記明明底下是沙灘卻還是強烈到五臟六腑都會移位的雙馬尾背摔。
（就、就算知道她來羅馬的理由了，但她為什麼會到奧斯提亞區的海邊來……？）
雙眼打轉的我抬頭望向看起來扭扭曲曲的亞莉亞……
發現在她背後遠方，一臉畏縮的麗莎躲在法拉利後面。就是妳啊！
貝瑞塔回家拿泳衣的時候讓我們要去海邊的情報洩漏給艾爾瑪，然後艾爾瑪又洩漏給交情很好的麗莎後，抵達羅馬的亞莉亞就和麗莎取得聯絡，詢問「笨蛋金次在哪裡！」，結果就讓我的下落曝光了吧。

「主、主人，對不起……！」

真的有夠對不起的啦！妳怎麼把這個人帶來了嘛！

看到亞莉亞就有逃跑習性的我爬在地上想要逃走，卻被亞莉亞的念力馬尾抓住了腳。雖然我模仿螃蟹鑽進沙中躲避海鳥的點子而拚命挖沙，但能夠藏起一個人的洞也不可能那麼快就挖出來，讓我完全沒轍了。虧小獅子阿蘭還來幫忙我挖洞的說。

而且莎拉察覺到我打算逃離現場的行動，也拿著弓箭跑過來了。

一重又一重的女人包圍，我逃不掉啦。好想死啊。

被馬尾倒吊起來的我因為這個姿勢會從下面看到亞莉亞的水手服裙底，所以趕緊把頭轉開，和阿蘭互望。您說這下該怎麼辦？

貝瑞塔大概以為亞莉亞的超能力是在頭髮中藏了類似槍座裙機械手臂之類的機關——所以看起來不怎麼驚訝地站起身子。

「亞莉亞！」

「好久不見了，貝瑞塔。」

怎麼她好像跟亞莉亞認識，還互相露出笑臉了？

「呃……難道說……妳們彼此認識？」

被倒吊起來的我訝異地如此詢問後，亞莉亞便點頭回應。

「和你剛認識的時候我不就說過了嗎？我到東京之前是就讀羅馬武偵高中。而當時就是S級跟我同班的貝瑞塔幫我把手槍改造成全自動化的呀。」

哦~也就是說，對亞莉亞而言的貝瑞塔，有點類似對我而言的平賀同學是吧。

即便世界再怎麼大，S級武偵——優秀人士之間的交流網還是很狹窄的意思嗎？

真希望你們都繼續活在那狹小的世界中啊。記得把我排除在外。

順道一提，亞莉亞的名字Aria是源自義大利文的單字。而且她喝咖啡的方式也是義大利風格，其實亞莉亞意外跟義大利很有緣嘛。

「亞莉亞妳現在也還在東京武偵高中對吧？那身水手服不管看幾次都好棒呢。」

「我已經聽蕾姬說過，這奴隸好像給妳添麻煩了。他有沒有對妳做什麼下流的事情？」

「他果然是那種男人呀。」

「沒錯，他只要看到可愛的女生就會做各種很過分的事情——」

會講十七國語言的才女亞莉亞用流暢的義大利文和貝瑞塔聊起天來。雖然一開始的話題就是在講我壞話啦。

「你對亞莉亞也做過很下流的事情嗎！這隻狗！」

「『也』的意思是說——你對貝瑞塔也是嗎！這個奴隸！」

嗚哇！貝瑞塔和亞莉亞的罵人聲變成雙聲道立體聲了……！

亞莉亞放開她的馬尾手，彷彿在丟棄什麼髒東西似地把我「碰！」一聲丟在沙灘上。

然後交抱雙手，用紅紫色的眼睛從右邊睥睨我。

而貝瑞塔也用藍綠色的眼睛從左邊睥睨我。

「真是太過分了，需要好好調教一下。」

「就是說呀，需要好好開洞一下。」

「……我們很合得來嘛，亞莉亞。」

「似乎是那樣呢，貝瑞塔。」

不可以在那種地方合得來啊……！

「話說金次！我聽麗莎說，你現在變成了貝瑞塔的家臣對不對！不是說『武士不從二主』的嗎！」

亞莉亞用她二十二點五公分的腳不斷踩著我的臉大罵。

「我不是武士也不是自願服從啊！我是被狙擊拘禁了！妳沒看到站在那邊的莎拉嗎！」

我一邊用手推開亞莉亞的扣帶鞋一邊如此說道後……

「那個我也聽蕾姬說了啦！我的命令還有歸還借貸你都給我馬上去做！聽・到・了・嗎？」

明明穿著裙子的亞莉亞把我的頭連同雙手一起用力踩下來。

嗚哇！我看到她露底槍啦。一如往常地用大腿槍套左右各帶一把。

「亞莉亞！這隻廢犬在偷看妳裙下呀！」

明明自己穿泳裝看起來也像只穿內衣的貝瑞塔竟然多嘴告狀……！

「我沒看我沒看！」

「～～～！話說回來，關於『黃金』還有『同學會』的事情，你有好好記得嗎？我看你肯定都忘記了，我就讓你的身體重新記憶一次。給我過來！」

因為我幫貝瑞塔塗防晒油的事情而怒上心頭的亞莉亞，「啪！」一聲用小手壓住自己裙子後……滿臉通紅地抓著我的右手臂，把我拉起來。

看來她是想把我帶到沒有人的地方去，針對我完全沒在調查的英國黃金遭竊事件以及偶爾會忘記的夏洛克主辦同學會，重新警告『給我好好做！』的樣子。

然而就在這時，我的左手臂忽然被貝瑞塔同樣像女童的手抓住了。

「等一下，亞莉亞。這男人是我的狗，妳別把他帶走。妳應該也聽蕾姬說過吧？這傢伙欠了我很高額的借貸，可是到現在連一歐分都還沒償還呀。」

「──金次原本就是我的奴隸。我明明在日本有交代工作給他，他現在卻露出一臉『我完全沒在辦』的表情，所以需要好好說教呀。」

又不還錢又不工作的我，卻還是被貝瑞塔和亞莉亞搶來搶去。

結果就變成像拔河一樣的拔金次狀態了。痛啊痛啊！

「先還錢！」

「先工作！」

個性合得來但是利害不一致的兩人──貝瑞塔和亞莉亞一左一右拉扯我的手臂。

這樣下去我雙肩都會脫臼的……！

「……噗嗤！雙手都是花。」

大概是為了報復之前我想拔掉青花菜嫩芽的事情，莎拉半瞇著眼睛嘲笑我。

我才想說這是第一次看到她的笑臉，結果居然是在這樣的狀況下啊。而且那種揚起一邊嘴角的諷刺笑容根本就不可愛。

「莎、莎拉，妳別站在那邊看，快來救我！花才不會把人扯到脫臼！」

痛到不行的我已經管不著對方是誰都拚命求救，但莎拉本來就跟我不是友好關係，所以始終只是在觀望而已。

該死。早知道我就把防晒油塗在自己手臂上了……！

這樣我就可以『咕溜』一聲脫逃出來的說！

5彈　伊・U同學會

亞莉亞千叮嚀萬交代，用說教要我絕對不能忘記黃金遭竊事件與伊・U同學會的事情後，說自己有事要辦就飛往倫敦去了。但我還來不及慶幸自己得救，她似乎過幾天又會回到羅馬來的樣子。妳可以慢慢來的說。

相對地，貝瑞塔則是——姑且不說海邊發生的事情，目擊到爆發金的效果好像還在持續著，而放給我相當程度的自由了。

多虧如此，我可以在學校短時間有效率地專心學習，另外接一些校內郵件配送或資料整理等等的任務，一點一點賺錢……過著以前從沒體驗過的充實生活。

雖然錢是慢慢存起來了，但依然遠不及如果沒湊滿歸還就要切腹的本金金額。因此我只能不斷提醒自己要節儉，可是……

不得不花錢的日子終於還是到來了。

也就是伊・U同學會的舉辦日。

對我送出招待信的主辦人夏洛克打算要把同學會分成多次舉辦。

亞莉亞去倫敦之前我聽她說過，其中第一次的五月二十三日招待的是亞莉亞、卡羯，以及似乎曾經待過伊・U、但我和亞莉亞都不認識的一名叫『亞許』的傢伙。雖然好像是美國人，不過從名字的發音推測應該是美國原住民吧？順道一提，亞莉亞因為『現在還不知道可不可以說』的理由，據說同學會當天不會跟我同行，而是會個別前往舉辦場地所在的科爾索大道。很好啊，請便請便。

不管怎麼說，總之我不知道夏洛克究竟在想什麼，感覺有點恐怖。

因此我必須做好事前準備才行。雖然貝瑞塔・金次樣式目前在我手上，但我還是要到槍砲店購買子彈。另外也要購買和武器同樣重要的通信裝置——也就是手機。

和日本不一樣的是，義大利是以預付手機為主流，因此手機本身與通訊費都較便宜。而我打算在同學會開始前兩小時的十一點左右……再到會場旁邊的手機店購買。

打扮上因為夏洛克要求穿著正式服裝，所以我就穿我的黑制服了。

另外，今天的拘禁金次負責人只有蕾姬，莎拉則是說著「科爾索大道有很多觀光客，而觀光客總是會忽然拍照。即便只是背景，我也不想留下自己的外觀紀錄」，這種像職業殺手的話，沒有跟來了。

不過——

既然今天要參加伊・U同學會，由蕾姬負責監視我也是好事。

萬一狀況演變成我必須和夏洛克戰鬥，身為曾孫的亞莉亞會站到夏洛克陣營與我為敵的風險很難保證完全沒有。而卡羯和我雖然在某些部分很合得來，但即使她站到我這邊也是二對二。

如果想要在人數上占優勢，比起原本隸屬伊・U的莎拉，還是讓因為藍幫的事情曾經和伊・U為敵的蕾姬待在我身邊會比較好。畢竟她在關鍵時刻會願意加入我方陣營的機率還比較高。

為了做好更萬全的準備，我另外也有拜託梅雅支援。在同學會開場前，我預定在會場附近的教堂與梅雅的部下們會合了。

這場第一次同學會，我一定要重重戒備才行。

畢竟每當夏洛克登場的時候，從來都沒有和平的經驗啊。

正如莎拉所說，科爾索大道雖然是一條不算寬敞的道路——不過它是羅馬觀光地標圍繞的主要道路。從義大利國內外前來的觀光客很多，是相當熱鬧的地方。

為了保護景觀，這裡並沒有高樓大廈或巨大電視牆之類的東西，而是整排巨大的石造古雅建築。那些建築物如今已經變成電影院、銀行、服飾與雜貨等等各式各樣的店鋪……當中也有我打算前往的手機店ＷＩＮＤ。

我在那間狹小的店面購買了最便宜的十九歐元手機與二十歐元預付卡後……按照卡片背面寫的使用說明撥打到４２２，再根據語音系統指示按下數字……輸入預付卡的號碼……短短十分鐘就讓我的通訊手段復活了。

「真是輕鬆啊。我還以為會像日本的DOCOMO那樣等很久，故意預留了這麼多時間的說。」

「……」

我和身穿防彈水手服、手提Zero Halliburton手提箱的蕾姬一起走出店面，回到馬路上。

雖然我買的這臺是外觀像玩具一樣的廉價手機，不過這下至少可以通話和傳送簡訊。另外手機也附有照相功能，只是畫素很低就是了。

在同學會開始之前空出了一段時間的我……想說既然這附近觀光景點很多就乾脆到處去拍拍照片，可是我也不知道該怎麼走才好。早知道就應該像白雪去香港的時候一樣，準備個旅遊指南書之類的了。

但不管怎麼說，身為日本人的血脈不允許我到了觀光地還閒著不做事。於是……

「就隨便找個……對了，用那棟教堂當背景拍張照片吧。妳幫我按快門。」

我把手機交給無言的蕾姬，想說不管什麼都好總之要拍些照片。結果——

（……？）

看到影子讓我發現了。

有人站在我的背後。

妹妹頭髮型，似乎是個小孩子。對方偷偷摸摸靠近過來，在背後朝我伸出雙手。

難道是羅馬有名的扒手嗎？

「——可別以為日本人每個都很有錢。」

我用義大利文如此嚴厲說道，並一把抓住伸向我背後的手——

然後將對方用力拉到自己面前一看……

「嗚喔！我本來想說要『哇！』你一下的說。話說遠山，原來你會講義大利文呀？」

……卡羯！

是前伊・U成員之一，後來在極東戰役中以眷屬的代表戰士身分與我交手過的……納粹殘黨——魔女連隊的隊長，卡羯・葛菈塞。

看來這傢伙也是提早到同學會會場附近的。因為她個子嬌小，害我以為是個小孩子了。

雖然她沒誇張到在羅馬市區內穿著納粹軍服，不過今天穿的是據說位於法國史特拉斯堡的某某女學院的連身裙制服。這傢伙平常是個就讀大小姐學校的女高中生啊。

聽到指定要穿正式服裝就選擇穿學校制服來的這點上，她跟我是一樣的思考方式。畢竟這傢伙感覺也是對穿衣打扮沒什麼興趣的類型，比較像樣的衣服大概也只有這套吧。

平常是學生，偶爾會進行超人戰鬥，再加上不幸的處境也很相像，這女孩根本就是德國版・女生版的我了嘛。

連眼罩上的圖案今天也不是卐字徽章而是小花的卡羯……

「啊哈，我倒是不會講義大利話，你就用日文跟我講吧。」

或許是跟我重逢很開心的緣故，從被我抓到的姿勢抱住了我的手臂。

結果她那對沒有麗莎那麼大，沒有貝瑞塔那麼小，尺寸很符合她年紀的胸、胸部就壓到我的手臂上。

自從我到了羅馬之後，跟胸部和裙子有關的災難就接踵而來啊。

話說、呃……這……這是怎麼回事？爆發性的血流怎麼這麼快就……？什麼？難道我喜歡的是外觀像小孩子、不過胸部尺寸符合年紀的女生嗎？不對，從靠著麗莎進入過的那次新鮮前科來看，只要是胸部我都可以的意思嗎？

「喂，遠山，你電話打不通呀。」

「啊……我的號碼被停掉了，剛剛才開通了一個新的。」

「我就知道是那樣。這女人是之前在師團的俄羅斯狙擊手吧？我在香港也稍微瞄過她的臉。你要讓她去殺誰？目標是什麼人？」

殘酷少女卡羯小妹妹指著蕾姬，才剛重逢就笑咪咪地跟我聊起殺不殺的話題。太恐怖了。

「——我的目標是金次同學。要是妳太靠近他，可能會受到波及的。」

蕾姬則是對緊黏著我的卡羯露出有點像在瞪人的半瞇眼神，如此警告。太恐怖了。

「嗯？哦哦，你是跟什麼黑手黨借錢被抓到了嗎，遠山？」

「……幾乎讓妳猜到正確答案了。我現在不管要去哪裡都是這樣。」

「你還是老樣子這麼不幸呀。唉呀～知道世上有人比自己更不幸，就讓我安心多了！」

卡羯一副跟我很熟樣子地，用沒抱住我手臂的手「啪啪」拍打我。

明明在香港毫不留情試圖射殺過我的卡羯，如今卻因為那種理由對我抱有好感的事情就姑且先擱到一邊——

「那就趁遠山還保有一條命的時候，我帶你到這附近觀光一下吧。」

哦？她提出這樣有點教人感謝的提議呢。不過……

「這裡對於身為德國人的妳來說也是外國吧？妳在義大利有辦法幫忙帶路嗎？」

「不用擔心！這地方從前也全～部都是德國啦！」

卡羯咧嘴露出頑皮小孩的笑臉，拉著我的手往前走去。受不了……納粹的傢伙動不動就喜歡講那種話……還好她是用在這裡沒人聽得懂的日文說的。

聽說以前因為梵蒂岡的事情來過幾次羅馬的卡羯——的確對這附近的道路很熟悉。而且好像是用『視察敵情』的名義向魔女連隊申請旅費盡情觀光過的卡羯，首先帶我來到的是……

「特雷維噴泉……！」

從科爾索大道轉進穆拉特街很快就能看到的莊嚴噴泉。

以半獸半神的特里同、海神涅普頓等等白色壯大雕像為主題的戲劇式雕刻，圍繞在泉邊，是羅馬最有紀念性的觀光景點。

「據說只要背對噴泉擲錢幣進去，以後就能再度來到羅馬喔。」

穿著白襪子、褐色皮鞋的卡羯踏到噴泉邊緣對我如此說道。於是——

「好，那我就丟丟看。卡羯，給我零錢。」

「自己出錢啦！」

我們這麼嬉鬧的時候，只有蕾姬「噗通」地扔了一枚瑞士的五生丁硬幣。

照完照片後，卡羯帶我穿過羅馬的小巷，來到的是……西班牙階梯。因為『羅馬假期』中奧黛莉．赫本拿著義式冰淇淋走下來的一幕而相當出名，是一座沿著街道建造、橫幅相當寬的階梯。卡羯從黑色的石磚道路邁步跳上晴朗天空下照耀得相當漂亮的白色階梯。

「喂～遠山！你也快點上來然後再走下去吧！來學電影情節玩安公主遊戲啦！」

在階梯平臺處對我揮手的卡羯不斷蹦蹦跳跳……

結果教人煩躁的是，她那制服的連身裙也鼓起空氣跟著一跳一跳的。

因為是長裙的關係害我一時大意了。那裙襬一方面加上有風在吹，被掀得相當高——讓卡羯白色襪子上面的光溜溜膝蓋與大腿都微微露了出來。

看到那樣的畫面，我又微微感受到爆發性的血流……

到底在搞什麼？難道我喜歡卡羯嗎？真教人煩躁。

「……太麻煩了，我不想上去。我要拍照片，妳快點下來。」

要是把卡羯的裙底都拍進去，難得的義大利國寶照片都會被糟蹋的。這樣就算同樣是寶，也會變成武藤愛看的那種雜誌中所謂的藏寶女郎了。

「你那是什麼意思！既然要拍就把我也拍進去呀！然後用MMS寄給我！」

因為開槍臨界值低到近乎亞莉亞級的卡羯，搞不好會掏出她的金閃閃魯格P08，所以我只好拜託會看風向的蕾姬幫忙拍了一張後——畢竟MMS的通訊費用很貴，因此我只有假裝寄送但其實沒有寄出去。接著我們又來到……哈德良皇帝的萬神廟、優雅的露天咖啡廳林立的納沃納廣場……參觀了好幾處歷史遺產。

光是建築美術上，這城市中就能一口氣看到羅馬式美術、古羅馬式美術、哥德式藝術、文藝復興藝術等等各種樣式。雖然對美術史沒什麼研究的我乍看之下都分不太清楚，不過幸好有選修科目選了美術課的蕾姬在一旁為我小聲講解。

然而——比起這些更讓我喜歡的，是在車子很難開進來的石磚小巷中到處可以看到的各式專門店。即使店面不大，但感覺都有百年以上歷史而充滿韻味的甜點專賣店、帽子專賣店、手套專賣店等等店家擠在小路旁。

就算是對穿著打扮沒興趣的我，看到這些羅馬的義大利人秉持老店代代傳承下來的自信所呈現的美感，還是能感受到一股魅力。抬頭看看那些金屬雕飾的招牌，芬迪、范倫鐵諾以及貝瑞塔愛用的寶格麗等等世界出名品牌的本店——也就是出發點都在這座城市，也讓人可以理解。

帶著卡羯與蕾姬這對難得會湊在一起的同行者，在這些富有韻味的街道中走著走著……

快到同學會開始的時間了。

那麼我也差不多該——

「……妳有注意到吧？對方應該不是只想來『哇！』一下的。」

「是呀。幾乎是個外行人。而且我們走了這麼久都一直跟在後面，應該不是扒手。」

「……」

察覺到**跟蹤者**的我、卡羯與蕾姬三個人在彎過街角後立刻轉回頭。

從手機店出來之後就一路死纏在後面，但因為藏匿技術還算可以，讓我不太能看清楚身影的那個人物……從石造建築後面微微探出身體……

結果發現自己被我們發現的**貝瑞塔**，立刻「噗～」地把白皙的臉頰鼓得跟氣球一樣了。

我其實——隱隱約約就有猜想到對方應該是貝瑞塔。

畢竟有時候乘著風可以聞到她身上像橄欖的氣味嘛。

「……妳為什麼要偷偷摸摸跟過來？我不是說過今天有私人行程嗎？都已經有蕾姬跟在旁邊監視了，妳給我回去。」

不希望讓夏洛克那種世界代表等級的危險人物與貝瑞塔這個一般人相遇的我如此說著，想要把她趕走。可是——

穿著武偵高中黑制服的貝瑞塔卻邁步走過來——

「這個眼罩女！不要在大庭廣眾下抱人家手臂什麼的！這傢伙是我的債務人呀！」

把黏在我手臂上的卡羯用力拉開。

然後她自己緊緊抱住我的右手臂。總有一種不好的預感啊。

「這小不點在搞什麼！妳說什麼我聽不懂啦，給我用德文講話！這傢伙是我的使魔候補！妳不要來礙事！」

而卡羯也跟著重新緊抱住我的左手臂。

「妳、妳們不要這樣！我不久前才因為同樣的狀況害肩膀關節變得怪怪的啊！」

在狀況又演變成金次拔河之前，我趕緊用類似「王車易位」的動作——讓貝瑞塔與卡羯的臉互撞，逃脫出來。

「～～這隻廢犬！你說的私人行程就是和這個德國女人約會嗎！亞莉亞說的果然沒錯，你這隻狗只要稍微不注意就會馬上對女孩子色瞇瞇的！」

「痛痛痛……」

臉皮似乎比較厚的貝瑞塔紅著鼻子開始對我大吼起來。

「不是啦，我說的行程是等一下才要去！包括這個卡羯在內，會有一堆危險的人物出席，所以妳——」

「我不相信你！像這女孩也長得這麼可愛。為了避免養的狗到外面亂咬女人，我也要監視你。蕾姬，要是這傢伙下次想甩開我，就開槍阻止他！」

貝瑞塔雙手扠腰，用力挺起她平坦的胸膛。而蕾姬聽到雇主的命令後……居然也輕輕點頭回應了。這傢伙也是個不知變通的女人啊。

就這樣，我接下來只能祈禱同學會能夠和平舉行……並且在開始前二十分鐘來到位於會場附近——一棟叫『Santi Ambrogio e Carlo al Corso（聖安博及嘉祿堂）』這種名字念起來舌頭會打結的教堂。目的是跟平日擔任我老師的梅雅會合。雖然梅雅和伊．U並沒有關係，不過我前幾天找她商量的時候——她就表示『即使在學校外面，做老師的保護學生也是理所當然的事情。』而露出溫柔的笑臉答應幫忙我了。

於是我接受她的好意——帶著蕾姬與貝瑞塔準備進入教堂的時候……

「嗚。」

卡羯忽然抱著肚子臉色發青，獨自留在街道不踏上通往教堂的階梯。

「妳怎麼啦？吃壞肚子了？」

「怎麼可能啦，我又不像你。痛痛痛……我說，被修女詛咒的魔女是很難踏進教堂的。感覺就像踏進鬼屋一樣，偶爾會因為壓力引發腸胃炎。你要進去就進去，把梅雅帶出來。」

虧妳那副德行可以和梵蒂岡交戰那麼多年啊。

感到無奈的我——丟下吃著胃腸藥的卡羯，進入教堂……看到裡面大理石的牆壁與地板、巴洛克樣式的建築及莊嚴的壁畫……但我都還來不及看得入迷……

「為什麼妳們連個禱告文都背不起來！妳們這樣會讓負責教育聖少女的我丟臉呀！可惡，我要代替神處罰妳們！給我說謝謝！說謝謝！嘿呀！嘿呀！」

「感激不盡！感激不盡！」

我就發現一群在荷蘭好像也見過的中學生修女兵們跪坐在地上，以及把其中一人抱起來打屁股的……梅雅老師。

這個人對待自己部下真的就像血汗公司的中間管理階層呢，明明平常都是個溫和大姊姊的說。雖然她現在因為還是新任老師所以裝得很乖，但我真擔心她總有一天會讓這邊的梅雅跑出來。

「梅雅，拜託妳不要讓隱藏人格冒出來啊。時間差不多囉。」

因為在義大利和老師講話可以像朋友一樣，所以我如此對梅雅搭話後──梅雅立刻恢復平常的微笑表情轉過身子……

「啊，遠山同學，還有蕾姬同學。唉呦，貝瑞塔同學……也同行嗎？」

她大概以為蕾姬是類似保鑣的存在而很快就表示理解，但見到身為局外人的貝瑞塔便稍微皺起了眉頭。

目擊到梅雅剛才那樣子而不斷眨眼睛的貝瑞塔接著……

「呃，我是來監視這隻狗……這傢伙，以免他對女生做出不規矩的事情。」

「啊，是這樣呀。呵呵，哦～……原來如此，老師我知道了。貝瑞塔同學是獨占慾很強的類型吧。畢竟在學校也表現得那麼明顯。唉呦～真可愛～」

什麼……什麼？

老師，拜託妳不要露出只有自己搞懂的表情，然後交互看向我和貝瑞塔行不行？話說她到底知道什麼事了？我實在搞不懂。

對梅雅的神祕發言並不否認的貝瑞塔，頓時紅起臉瞪向一臉「？」的我。不過……

「——可是貝瑞塔同學，老師接下來要和金次同學去參加一場祕密派對。今天可以請妳先回去嗎？」

梅雅和我一樣表示希望貝瑞塔可以離開。用稍微有點嚴肅的講法。

「我不要。請問那祕密派對究竟是什麼？」

但貝瑞塔卻頑固不肯退讓。

（為什麼她要那麼努力監視我啦……）

而且大概是梅雅的講法不太好的緣故，貝瑞塔對梅雅也燃起了類似對抗意識的心理。自從和羅密歐的那場決鬥之後，貝瑞塔對我的監視好像比起錢的事情，針對女性方面的事情變得還比較嚴格的樣子。

然而梅雅也沒辦法重新對她說明『我是要在夏洛克．福爾摩斯主辦的超人同學會中為金次同學擔任護衛。』這種話……於是在不得已之下，只好讓貝瑞塔跟著我們了。

和卡羯重新會合後，我預定最後要碰頭的是亞莉亞……

因此我打電話給她，聽說她在附近一間叫「Fior Fiore」的咖啡餐廳。於是我們來到位於科爾索大道邊的那間咖啡廳，便看到石磚路旁張著遮陽傘的露天座位上——亞莉亞那粉紅色雙馬尾的超醒目身影。

另外，和亞莉亞坐在同一張圓桌旁喝著義式咖啡的是……

「——嗨，金次。晴朗無比的羅馬，你不覺得很完美嗎？這城市雖然充滿各種色彩，但使用到藍色的裝飾卻意外地少。而有人說當天空將那顏色給予了這片景色，羅馬就堪稱是湊齊了所有的顏色喔。」

輕鬆地舉起一隻手，用笑臉對我如此說的——

——夏洛克・福爾摩斯。

那傢伙就坐在那裡。

明明已經一百歲以上卻看起來只有二十歲左右的夏洛克，即使在羅馬市區的正中心也我行我素地穿著英國風的老西裝。和我一樣。

而且這傢伙……

對於我和卡羯身邊還有沒受到邀請的蕾姬與梅雅，甚至連貝瑞塔都跟來的事情，看起來並沒有什麼特別的想法。

「果然是一如曾爺爺所說的成員呢。」

亞莉亞的這句話證實了——夏洛克早就透過條理預知知道了我們五個人會來。然後再加上亞莉亞與夏洛克本身，以及叫「亞許」的傢伙，打從一開始的預定人員就是這八個人了。

「喂，主辦人先生，英國紳士不是應該要喝紅茶嗎？」

我打頭陣坐到圓桌旁，探頭看向一派輕鬆的夏洛克的臉——

「就好像並非所有日本人都最喜歡喝日本茶一樣，並不是所有英國人最喜歡喝的都是紅茶。正如你所知，像亞莉亞也是咖啡派的。而我也認為在羅馬享受咖啡的感覺並不壞。」

——他這種拐彎抹角到讓人煩躁的講話方式還是跟以前一樣，但是……不妙。

不知道該說是卡羯害的或者說是多虧卡羯讓我不為人知地進入了輕微爆發，所以我能感受出來。

夏洛克……這傢伙……**變強了！**

比以前在伊．U相遇時還要強了兩倍……不，三倍。

強到這種等級的話，光是要評估就教人覺得恐怖了。不過……在物理戰鬥力上他現在遠比霸美、賽恩或獅堂都強，超能力方面的強度也有緋緋神以上的存在感。

（簡直就像椅子上放了一顆氫彈啊……！）

明明態度上表現得很友善，但光是坐在附近就會讓人感受到內臟會被壓扁的異次元壓力。

即便他什麼都沒做，我也有種快要吐血死亡的感覺。

以前這傢伙說過他在修改自己的基因，讓自己能反覆進入成長期。我想肯定就是那個效果吧。

人說「士別三日，即更刮目相待」——男人在成長期中無論身心都會有明顯的成長。

而原本就已經很強的夏洛克還照自己的意思不斷反覆那三日……

把自己**重新鍛鍊起來**了。究竟是為了什麼目的？

「——夏洛克……我已經非常清楚你是最強的了。所以拜託你把氣勢收起來。那樣會害我胃痛啊。」

「哦？我認為我已經很抑制了說。另外，我並沒有自大到認為自己是最強的。像現在，我就覺得你很恐怖。」

夏洛克很裝模作樣地對我拋個媚眼，說出這種客氣話。但是……

我這種貨色明明就不值得他警戒的說。

雖然我不清楚究竟是怎麼辦到的，不過夏洛克似乎可以使自己的氣魄只讓我感受到的樣子……除了我以外的其他人都若無其事地坐到位子上，看起菜單了。

可是我根本什麼都吃不下去，甚至反而想吐啊。

「在前往正式會場之前，讓我道個謝吧。謝謝你遠道而來，參加這場第一次同學會。」

「講得還真好聽，你明明就知道我會到羅馬武偵高中來。既然你說『第一次』，就代表也有第二次的意思吧？畢竟貞德以前也說過，羅馬是一塊魔物難以踏入的土地——像弗拉德和希爾達應該就很討厭這個場所才對，讓我覺得很奇怪啊。」

「唉呀，真是漂亮的推理。沒錯，第二次的招待信我會改天再寄給你。」

「郵票錢太浪費了，我現在就先圈選『不出席』給你。拿來吧。」

「人生要慢慢走。跑太急可是會跌倒的。」

夏洛克說著和神崎香苗小姐一樣的格言，優雅地享受著咖啡……

不過他還是把散發出的壓迫感收回去了。雖然只是收回去也不代表他本身就變弱啦。

「……話說，你和壺怎麼樣了？」

畢竟光是被他嚇唬也讓我很不爽，於是我打算報復一下——而抱著必死的決心提出夏洛克似乎也很不拿手的戀愛話題……

結果夏洛克不知道為什麼用他看不見的眼睛瞄了貝瑞塔一眼。

然後輕輕嘆一口氣，露出苦惱的表情。

「雖然之前有一段時間需要我保護她，但我不管長到幾歲都很不擅長面對異性。現在——我們是一對好朋友。算是人生第二十七次的失戀吧。」

哦～發展得不順利啊。

唉呀，畢竟他們之間是人類和鬼，這傢伙又跟我一樣不喜歡女人。會這樣也不意外就是了。

總之成功對夏洛克進行了一場小規模報復的我，接著對一口把雙倍義式濃縮咖啡喝掉的亞莉亞說道……

「原來妳沒跟我一起來的理由就是這個啊。妳和夏洛克講了些什麼？」

結果亞莉亞卻對我露出一臉不爽的表情。

「我是針對聯合王國的黃金遭竊事件向曾爺爺請教了一點建議啦。畢竟被偷的質量明明多到不可能到處搬送的程度，可是MI6和ICPO——甚至用上衛星照片搜查還是到處都找不到呀。你又一點都不可靠。」

呃，是……關於那件事，我的確到現在都還沒著手。

因為人家我現在別說是黃金了，每天過著數銅板的生活嘛。

「而我的直覺和曾爺爺的推理——是一致的。」

「那妳就去搶回來啊。」

聽到我講得好像事不關己的樣子，亞莉亞立刻用『啊？』的眼神瞪向我。因此——

「呃～對了，話說回來——妳上禮拜到英國去了對吧？梅露愛特過得好嗎？」

我很勉強地改變話題後，對黃金下落之謎似乎還沒完全解開的亞莉亞……大概是不想在人這麼多的地方講這件事的關係，而順著我的話題了。

「嗯，她好像都在家裡玩網路遊戲。而且聽說用信用卡花了一萬英鎊左右的錢，所以我就罵了她一下。」

一萬英鎊……一百四十五萬日圓？根本是網遊廢人啦，梅露愛特小姐。

「那妳又是去做了什麼？」

「……反正事情結束也沒有保密義務了，我就告訴你。我去參加了成為R級武偵的測驗，然後落選了。」

什麼！那個只要有冠上測驗之名就從沒失敗過的亞莉亞小姐嗎？

——R級是在S級之上，全世界只有七人的超級武偵。

評價上，一個人就等同於一個大隊的戰力。因為大多會受雇於各國首腦或王家，所以取 Royal 的字首稱為R級。

畢竟隨著武偵人口增加，上位等級的審查也年年變得嚴苛，因此或許不應該和過去曾經當上R級的GⅢ互相比較。不過……亞莉亞，那麼妳以等級來講就是在當年我家那笨老弟之下嘛。肯定是在人格審查上被刷掉的吧。噗噗噗，真是愉快。這是我來羅馬之後聽到最有趣的事情啦。但是金次，你可別把想法寫到臉上。最近我的內心經常會被人看穿啊。

「這樣嗎……真是可惜呢，亞莉亞。」

「不過在測驗後，英國陸軍特殊部隊（SAS）有來邀請我。下次我或許會跟他們去研修吧。」

太好啦！既然是去研修，就代表亞莉亞會有一段時間不在的意思。那段期間我就安全啦，好耶！

接踵而來的好消息讓我內心笑到合不攏嘴呢。啊，不妙，我要小心別表現出來了。

「……那段期間真讓人寂寞啊。」

我發揮偵探科訓練出來的撲克臉低下頭，為了掩飾內心想法如此呢喃後……

「……我也是呀。」

亞莉亞微微把臉別開，把濃縮咖啡用的小咖啡杯放到嘴邊。

然而她的表情看起來很像是聽到我『沒有妳會寂寞』的發言而感到開心的樣子，頓時泛紅起來。

這點讓我不禁有點害臊——結果也跟著臉紅了。

「……」

「……」

就在我和亞莉亞都扭扭捏捏地陷入沉默的時候……

「「「……」」」

蕾姬、卡羯和貝瑞塔三人都朝我和亞莉亞半瞇著眼睛。

這是什麼半瞇眼大拍賣？只有梅雅是笑咪咪地看著我們。

「——那麼各位，我們差不多出發了吧！同學會的會場是借用了廣場大酒店的舞廳。那是受到維斯康堤、費里尼、馬丁・史柯西斯等人的喜愛，空間本身就堪稱是藝術作品的場所。然後——」

畢竟夏洛克很愛講話，要是放著他不管恐怕就會一直講下去。於是……

「……話說那個叫『亞許』的是女的嗎？好像還沒來的樣子，缺席嗎？」

我針對一直很在意的第八位成員詢問後——

「不，他已經跟我們在一起了，只是沒有身影而已。另外，亞許並沒有性別。」

夏洛克卻講出這種像在猜謎的話。

不過伊．U本來就是每個成員都感覺來路不明，管他是無性生殖生命體的透明人還是怎樣，如今都嚇不到我啦。至少知道不是女的就安全了。

就在我默默跟著走的時候，夏洛克接著和卡羯交談起「伊碧麗塔過得可好？」「她很好。我差點忘記她交代我要代她向你問個好了。」這種對話。卡羯的上司伊碧麗塔長官是以前伊．U艦長的曾孫，所以跟夏洛克也算有緣啊。

而那位夏洛克在悠悠哉哉走往會場的路上……還一直在路邊的各家名店門前停下來，不斷說明像是「義大利的衣服很容易褪色，這是因為氣候很乾燥的關係。」「把創始者的名字取為品牌名稱的店家，幾十年後老闆的名字又會和品牌名稱一樣。這是因為南義大利有個風俗，會將男孩子取名和祖父一樣。」等等各種小常識。這個真人維基百科講的內容雖然還算有趣，但如果整天都在聽他講這些恐怕會抓狂吧。真虧華生小妹妹的曾爺爺有辦法和這個男人老是在一起呢。

就在夏洛克接著開始發表礦物學常識，而我也欣賞著店家——珠寶店櫥窗中的戒指時……

忽然有個人物靜悄悄地插進了我們的隊伍。

就在我的旁邊。

「把戒指還來。」

然後對方在我耳邊小聲呢喃——用日文。

騙人的吧——這、這聲音是！

「…………茉斬……！」

我趕緊架起姿勢往旁邊一看——真的在那裡。用一臉寂寞似的表情望著展示窗的伊藤茉斬……！就在那裡……！在羅馬！為什麼……！

明明是大晴天卻穿著黑色防彈風衣、黑色長靴子、一頭黑髮——全身比羅馬武偵高中的學生還要黑，然後——容貌美麗到教人毛骨悚然的茉斬——

（……！）

現在就站在我旁邊。用那對還是老樣子不知道有沒有在看東西的空虛眼神呆呆望著石板路。

她剛才那句話，應該是在說那個吧。就是在東京灣我為了保護富山總理的遊艇免受核子魚雷攻擊而和茉斬交手的時候，她被我開槍擊中並奪走的——深灰色『N』戒指。

而她現在左手中指上……戴有一枚形狀相同但顏色不同的黑色指環。

我剛才走路時毫無防備，是只要用不可知子彈狙擊就能輕鬆殺掉我的絕佳機會，但茉斬卻沒有那麼做。難道是因為還沒從我口中問出那枚戒指的下落嗎？還是看到我周圍有夏洛克和亞莉亞他們，判斷自己在戰力上不利的關係……我雖然很希望是這樣……可是……

看來並不是那麼一回事。該死。

「…………」

在羅馬市區的主要道路，科爾索大道上——

茉斬是和她的同行者一起走過來的。

「！」

「……怎、怎麼回事……？」

「……！」

亞莉亞、卡羯與梅雅剛才也都沒有察覺到那群人。她們的表情看來是對方彷彿與我們擦身而過般很自然地現身，並混進我們的隊伍之後才總算發現的。只有夏洛克露出一臉輕鬆的笑容望著那群人。

看起來簡直像變裝遊行的表演者，像一群馬戲團成員的……這些傢伙……

……我、我搞不懂。

他們到底是何方神聖？

不過這感覺，和那時候很像。也就是一年多前，在東京的空地島，宣戰會議的那時候。

一群來路不明的傢伙齊聚一堂。在這條羅馬的熱鬧道路上……！

「把戒指還給我。」

面對再度把嘴巴湊到我耳邊小聲呢喃的茉斬——

「我……我把它埋在東京的某個場所了。如果妳用我老爸的情報交換，我就還給妳。」

我為了爭取能觀察這群人的時間，如此回答。

首先，除了茱斬以外……有兩個人並沒有像其他人站得那麼開。

其中一人是超過兩公尺的巨漢，另一人則是連一百二十公分都不到。

兩人都用像雨衣一樣的頭巾與大衣藏著身子。巨大的那一方臉部被影子蓋著看不到，嬌小的那一方則用像是非洲木雕的面具遮著臉。

從他們身上——散發出我有印象的某種把戰鬥力濃縮起來的存在感。

就像我在極東戰役與緋緋神事件中交手過的鬼——跟那感覺很像。不同於人類的某種氣魄。

「……嗚……」

「……！」

卡羯和梅雅則是同時注目著另一個人。

是那群人中打扮最瘋狂的一名白人美女。

左右兩邊有翅膀裝飾、金色與黃綠色構成的頭盔。綁成麻花辮垂在背後的金色長髮。站直身子挺起的胸膛上穿有同樣是金色、黃綠與白色構成——形狀像比基尼一樣的胸甲。下半身也是如泳褲般的鎧甲兩側垂有像昆蟲翅膀似的側裙。另外還有護手、護肩和護腿，以及一副理所當然地握在手中、垂直立在地面上的白銀色長槍。

乍看之下就像是華麗而煽情的角色扮演服裝，讓路上的男性觀光客們紛紛對她又是吹口哨又是拍照的。但是……

不對，那絕對不是為了好玩穿在身上的玩具鎧甲，是真貨。

這點從她鎧甲上到處有細微的傷痕與修補痕跡就能證明。我因為在武偵高中已經看慣所以知道，那些是刀劍、鈍器、箭矢、尖齒與利爪……？所留下的痕跡。除了這些戰鬥傷痕之外，還到處可以看到應該是受高溫或低溫傷害而造成的斑塊——雖然有用塗料掩飾，但技術並不算好。然而很奇怪的是，子彈造成的痕跡卻連一處都沒有。

另外同樣留有傷痕、明顯可以知道吸過鮮血的白銀色長槍槍頭上……刻有文字。雖然很像英文字母，但又不太一樣，我念不出來。唯一能念出來的只有她戴在左手中指的銀色指環上——那個「N」的文字而已。

感覺像在角色扮演的還有另一個人。

就像圓谷英二的電影「邪惡透明人出現」中登場的那個人物一樣，用繃帶、圓頂硬禮帽與墨鏡遮住臉部，全身也用戰壕大衣藏起來的人物。我一時還以為那就是夏洛克所說的亞許……但他並不是一開始就和我們走在一起，所以不對。

「——貝瑞塔，妳回去……！」

雖然目前對方還沒有一個人表現出要攻擊的樣子，真要講起來這場遭遇應該算是和平……

但這個狀況太危險了。

說到底，對方可是與我敵對的茉斬以及她的同行者——推測應該是她夥伴的各種神祕人物。

我不清楚他們現身在這裡的目的是什麼，然而「未知」這件事本身就是一種風險。要是狀況發展成像宣戰會議時那樣的流血場面，沒辦法保護自己的貝瑞塔是最危險的。

我如此判斷，所以在確認完對方所有人之前就先叫貝瑞塔回去了。可是——

「不，不要回去比較好。想必現在已經回不去了。」

夏洛克卻靜靜地如此說道。他的講法聽起來就是『與其讓她離開這裡，不如和我們在一起會比較安全』的意思。

「這……這些人到底是誰？」

貝瑞塔畏怯地望向四周，於是我不得已之下只好站到她面前。

為了保護她不受那群傢伙中最後一名——存在感最為異常的人物攻擊。

教人意外的是，那個人物……是個小女孩。

看起來大約只有十歲左右的少女身上穿著一套稍嫌大件的古老軍服。帽簷陰影幾乎要蓋住那對深藍色眼睛的海軍帽上，有一枚我從沒看過、不知道是什麼國家的帽章。大到穿起來皺皺的風衣領子也很高，甚至可以遮住她的側臉。

髮型跟亞莉亞一樣是雙馬尾，不過顏色是類似蕾姬的淡藍——水藍色。

雖然卡羯和梅雅似乎認為那個羽毛頭盔的美女最危險，但夏洛克、亞莉亞、蕾姬與我的視線都集中在那位軍帽少女的身上。

受到我們注視的那名少女……不知道講了什麼話，是用法文講的。

「『同志們，不可爭鬥。』」

為了聽不懂法文的我，亞莉亞用英文同步翻譯。

那個亞莉亞的眼神看起來很嚴肅。

不過那也是當然的。因為從對方的發言內容與態度——以及在她一聲令下，那群人便立刻把氣勢收起來的事情可以知道……

（這傢伙就是……那群人的首領嗎……！）

多虧霸美和孫……讓我不會因為對方看起來還小就鬆懈大意，而很快就看出了這點。

明明茉斬就在身邊——我的眼睛卻緊盯著那名軍帽少女。

這不是因為她感覺很強或是打扮格格不入之類的理由。

而是我從那名少女身上可以感受到過去從沒遇過的異常感覺。

（……她和我……很類似……？）

這感覺是怎麼回事？這少女明明無論外觀或國籍都跟我不同，但我可以知道她跟我很類似。

不是像金女或GⅢ那種血緣上的感覺，也不是像卡羯那樣在境遇上的感覺。眼前這女孩和我很類似……卻又是完全相反的某種存在。就如同表與裡、凹與凸。

然後——她莫名有種不可思議的魅力。

並非單純因為她是集團的首領，而是無關乎外表看起來的年齡……她給人一種彷彿頓悟一切、有如宗教領導者般超然的氛圍。

雖然茉斬和那個羽毛頭盔的女人也帶有這種氛圍，但軍帽少女壓到性的存在感讓我會覺得那兩人只是負責守護她的下位從屬神。

「——這真是意外。沒想到神出鬼沒的提督會親自現身，**連我都沒能推理出來呢**。雖然你們現身的時間倒是一如我的推理就是了。」

拿出金色懷錶的夏洛克——用英文說出了這樣的發言。這句話才真的讓我感到意外。

……**沒能**、**推理出來**？那個擁有條理預知能力的夏洛克嗎？

不過他這句話中也有一部分讓我覺得「果然是這樣」。

這名少女就是茉斬在日本說過的「提督」。

從茉斬現身以及比基尼鎧甲女的指環也可以推測出來——

（這群傢伙，就是「N」……！）

軍帽少女用她戴著白色皮手套的小手從口袋中同樣掏出金色的懷錶……

「這邊也是一如預測的時間。話說，你要我用『英文』這種不完全的語言講話嗎？」

瞪向夏洛克，用跟貞德一樣有濃厚法語腔的英文如此說道。

「什……什麼嘛，法文還不是數字只有到六十而已。」

差點被那少女的氣勢壓倒的亞莉亞似乎好不容易才如此反駁後……

「至少可以數出七和六。不，應該說是八和六吧。」

少女用感覺很成熟——不對，是真的很成熟的講話方式這麼說道。她在講人數的事情。

換言之，她在明確表示自己陣營的人數比較少。配合她一開始的發言，也可以解讀為她並沒有積極與我們交手的意思。但願真的是如此。畢竟我方陣營有在不在場都搞不清楚的亞許，以及應該不能算在戰力中的貝瑞塔啊。

「不好意思，我還是誠心希望你們可以用英文交談。」

用裝模作樣的手勢對軍帽少女與N的成員們鞠躬的夏洛克——接著將手伸向少女停下來……

「提督知道我們要開同學會的事情。從場所到時間都準確無誤。我能推理出來的理由並不多，換言之——是『教授』這麼說的吧？雖然今天好像沒來的樣子。」

他在進行確認。他有這麼做的必要。

基於某種理由……夏洛克似乎沒辦法像平常那樣完全推理。

另外，他把自己以前在伊・U被人稱呼的『教授』這個單字用在指稱自己以外的人物上。而且從下一句發言判斷，夏洛克認識那個人物。

然後從他的講法聽起來——那個叫『教授』的人物擁有凌駕於夏洛克之上的推理、預知能力。

（不妙啊……）

「N」在目前還沒看清楚全貌的這個時間點上……就已經如獅堂所說，是一群不得了的傢伙。

在不禁臉色發青的我面前——

「——你應該很清楚我們不喜歡被外人看到。我個人也討厭站著講話。你帶路。」

軍帽少女用高高在上的態度對夏洛克如此說道了。

位於科爾索大道中央的廣場大酒店，是一間創業百年以上、相當有歷史的五星級飯店。

我們這群伊・U關係人、被牽連進來的局外人貝瑞塔……以及N的成員們彼此混雜在一起，浩浩蕩蕩走進飯店中。

推開旋轉門進去後，在螺旋階梯下方就能看到非常漂亮的獅子雕像，而我注意到N那群人中披著頭巾的巨漢也做出了望向那雕像的動作。那不是像阿蘭那樣的小獅子，是鬃毛很漂亮的成獅實體大小雕像。

（這簡直……就像要走進獅子籠一樣啊。真符合我現在的心境。）

該死，這下變成一場不得了的同學會啦。

身為主辦人的夏洛克租借的舞廳就在進飯店後直走的前方。

地板鋪有深紅色為基礎的地毯，四周宛如神殿般圍繞有科林斯樣式的柱子，吊掛多盞巨大吊燈的天花板上整面都畫有宗教畫——可說是一間比童話書的插畫描繪得還要華麗燦爛的舞廳。

在舞廳中央有一張大概是為了這次的會談所擺設的巨大大理石圓桌——於是我們就像是要各分半圓似地依序坐到桌旁的天鵝絨椅子上。

我方的中央是夏洛克，旁邊是亞莉亞。

而夏洛克的對面，也就是對方中央，是那名軍帽少女。

然後坐到夏洛克另一邊的我對面，是茉斬。看來我被她盯上了。

在比基尼鎧甲的白人美女對面……卡羯與梅雅陸續坐到位子上。

蕾姬、頭巾巨漢與繃帶男也各自選好自己的座位——一臉困惑的貝瑞塔則是坐到我旁邊的椅子上。

接著舞廳的門被關上之後——沙沙沙……

剛才看了一下獅子雕像的那名巨漢脫掉了頭巾與大衣。嬌小的面具人則是像隨從似地跪在他旁邊。

「呀……！」

見到巨漢真面目的貝瑞塔把手放到嘴前，發出短暫的尖叫聲。

如果我是女生——或許也會跟她發出一樣的聲音吧。

因為那巨漢……頭巾底下冒出來的臉……不是人類的臉。

是獅子的臉……！

肌肉發達的黑色——黑人肉體上，穿有以深紅色與金色為基礎的古羅馬士兵鎧甲。那是被鋼鐵般的肌肉覆蓋的人類身體，但脖子以上的頭部卻是……口鼻向前突出的獅子頭。

居然一下子就讓我看到這種像惡夢一樣的畫面啊。

不過那傢伙戴在黑色手指上的銀色戒指也有個「N」的文字。沒錯，他是N的成員。這點程度的事情……雖然是有點出乎我的預料，但也不算超出太多。只要把他想成有狐狸耳朵與尾巴的玉藻的獅子版就行了。

對於他那樣驚人的長相，亞莉亞也不禁瞪大眼睛。然而……

卡羯與梅雅比起那個獅子男，似乎還是更在意那個比基尼鎧甲女的樣子。從剛才相遇之後就片刻都沒有把視線從她身上移開過。接著……

「……應該不是認錯人吧。」

「是呀。」

魔女與聖女都小聲呢喃起似乎看出什麼事情的發言。

至於那個坐到位子上也不脫下頭盔的鎧甲女則是——似乎在注視什麼東西。於是我順著她的視線望過去……看到的是雖然在這種充滿古典感覺的舞廳中顯得格格不入，但或許是義大利的消防法規定必須裝上的『USCITA（逃生口）』塑膠標示板。但我搞不懂她為什麼要盯著那東西就是了。

卡羯和梅雅依然睜大著眼睛——

「這傢伙是怎麼回事……真的假的……難道是召喚出來的嗎……？」

「……應該不是……這個世界的存在呢。」

用超能力術語繼續竊竊私語著。然而我還來不及把注意力放到她們對話上……

（……？）

因為舞廳很安靜的關係，讓我聽到了——

那個繃帶人好像發出什麼聲音的樣子？

不，不對。是從他身體各處發出微弱的聲音。

咕嚕……軋軋……咕嚕咕嚕……軋軋……分辨不出究竟是泡沫聲還是金屬聲的聲響，我這輩子從沒聽過。簡直教人毛骨悚然。

——這些傢伙到底是何方神聖？人類的比例還比較少吧。

雖然我方以名偵探夏洛克為首，有緋彈的亞莉亞、厄水魔女卡羯、幸運強化的梅雅、化不可能為可能的男人，堪稱是一群作弊角色——但對方感覺也不遑多讓啊。

「教授過得可好？唉呀，我想應該過得不錯就是了。」

讓我不敢相信的是，夏洛克他——居然在緊張。從聲音可以聽出這點。

而他大概是為了緩和緊張的情緒，從背心口袋中拿出了菸斗和火柴。

然後「啪、啪」地……把飄散出高雅香氣、感覺應該很貴的菸草點燃，吐出濃煙。

彷彿是被夏洛克感染似的，卡羯也從她貴族學校的制服口袋中掏出了萬寶路點燃，想要讓自己冷靜下來。

「教授說過他這輩子都不想再見到夏洛克了。」

軍帽少女如此回應夏洛克。

「我還真是被討厭呢。不過畢竟我們曾經廝殺過，我也不是不能理解。」

交雜嘆息露出苦笑的夏洛克——說出了自己和「教授」的因緣。

「曾爺爺，果然……N的幕後就是福爾摩斯家的宿敵——」

沒有把視線從軍帽少女身上移開的亞莉亞如此詢問後……

「是啊。看來那個人從以前就一點都沒變的樣子。雖然我完全不想提起那個名字，不過就是莫里亞蒂教授沒錯。」

「太不敬了，夏洛克。我禁止你那樣輕易稱呼那位人物的尊名。」

少女這時對夏洛克嚴重警告。

汝不可濫用上帝之名——或許是受到舊約聖經中這句教誨的影響，歐美人有種對崇敬人物的名字不可輕易稱呼的文化。這少女的反應就是那種感覺。

也就是說這名軍帽少女……頂多只是目前在場的領隊而已。

在「N」的內部還有地位比她高的人物，就是那名教授？

「夏洛克，你過去和那群傢伙交手過嗎？」

在極東戰役中，玉藻——雖然是隻愛錢的廢狐狸，但也算是立下不少功勞。那是因為她知道以前戰役的事情。要是沒有她那些知識，師團也不一定能夠獲勝吧。

因此在與N的戰鬥中，我想確認夏洛克是否能扮演那樣的角色而如此詢問。結果……

「大約一百年前，我為了阻止教授——也就是他們現在的頭目——企圖引爆世界大戰的野心而曾經交手過。然後……我輸了。第一次世界大戰就是由他引起，讓當時的世界回到了暗黑時代。」

將這位夏洛克——擊敗的、對手……「教授」……

原來在N裡面、有那樣的人物啊。

話說……喂，夏洛克，你剛才是不是講了什麼很不得了的內幕啊？

「金次，亞莉亞，你們要小心。教授會引起大大小小的各種**事件**，但那些多半都只是障眼法。如果沒被阻止，他就會直接利用，而就算被阻止了，他也無所謂。金次前陣子在日本阻止的那場恐怖行動想必也是其中一件。他是為了預防金次萬一妨礙到他真正想引發的事件——所以才讓坐在那邊的伊藤茉斬去拖住你的腳步。想必在那背後，他做了什麼微小到連我也無從知道的事情吧。」

夏洛克，你是怎麼回事？為什麼要對我們講得那麼著急似的？

「就我所知，教授並沒有任何超能力。但他的腦袋甚至能凌駕於超能力之上。他能夠憑藉那個腦袋，**照自己的意思引起蝴蝶效應**。他的行動總是乍看之下微不足道，而且多半都不是犯罪行為。然而那些微不足道的行動才是他真正的目的。接著就如同骨牌一樣，小小的事情會漸漸演變成巨大的事件。就好像一隻蝴蝶在巴西拍動翅膀，會進而在德克薩斯州引起龍捲風一樣——」

「曾爺爺……？」

亞莉亞也和我注意到同樣的疑惑，而一臉不安地叫了夏洛克一聲。

「亞莉亞，我會在這裡喪命的可能性似乎很高。接下來的事情就拜託妳了。」

說過自己還會再舉辦同學會的夏洛克——彷彿連那樣的事情都已經無望似的，迅速對我們說著。

而且『可能性似乎很高』這種不確定的講法，和夏洛克的能力互相矛盾。應該有什麼因素在阻礙夏洛克的力量。對了，恐怕就是眼前這名少女……！

「教授他——是不是打算利用貝瑞塔，又想做出什麼事情了？」

「什麼事都能知道的你居然會提出詢問，還真是滑稽。不過我就告訴你吧。沒錯。」

軍帽少女這時——

用她宛如海底的深藍色眼眸望向畏怯的貝瑞塔。那眼神就好像看著什麼財寶一樣。

太危險了。

再這樣下去，我們會被對方牽著鼻子走。夏洛克恐怕是**很不擅長對付**這個少女。

即便如此，身為年長者，身為亞莉亞的曾祖父——夏洛克還是在勉強自己。

即便他腦中的條理預知已經漸漸推理出來，自己會輸給這名少女，會被殺掉。

「夏洛克，不要再和這傢伙講話了！」

我站起身子，卻被茉斬盯住。該死！我沒辦法輕易出手。在準備上完全慢了一步。快點，用幻夢爆發……！

「差不多也該報上名字了吧？妳到底是誰……是何方神聖！」

我接著——對著海軍帽的少女如此大吼。

「Nemo（誰也不是）」

到這時才第一次咧嘴露出笑臉的少女——尼莫……

「我是——『Disenable（化可能為不可能的女人）』。遠山金次，我和你是成對的存在。」

報上了……和我完全相反的稱號。

隨後，彷彿是告知戰爭開始的響箭般——

從科爾索大道傳來了教堂的鐘響。

Go For The Next!!!

後記

冬天到了！我是因為在鞋子裡穿了腳用暖暖包而稍微長高幾公釐的赤松。

我以前曾經有在義大利工作過的經驗。

當時我是在羅馬各地來來去去從商……但遺憾的是，義大利的治安比日本差，因此為了安全起見，我都是住在高級飯店中過夜。然而畢竟預算有限，所以餐食上我並不是在飯店享用，而是靠著超市買來的食材度日。

就在某個冬天晚上，羅馬受到了寒流襲擊。

我那天是住在作品中貝瑞塔家那塊地區的某間四星級飯店，為了買食物而走出飯店大門——卻不得不立刻退回來了。因為即使我身上已經穿了西裝加上風衣，屋外還是冷到幾乎會讓人昏過去啊！

不過 A pancia si consulta bene（肚子餓的士兵無法打仗）。

於是我在不得已之下，只好進入飯店裡的一間怎麼看都很高級的餐廳。

就算一如金次所說，義大利的物價比日本便宜，但我當時看到菜單上的價錢還是差點昏了過去！在這種餐廳通常應該是依照 antipasto（前菜）、primo（第一盤）、

secondi（第二盤）、dolce（甜點）的順序享用才對……但我卻只叫了一盤玉棋（gnocchi）。

「請問您不再吃點其他東西嗎？」

像電影明星一樣美型的服務生感到很意外地對我這麼詢問。

「是……其實我沒什麼錢……平常都是吃外面超市買回來的東西。」

我報上自己的名字，拜託對方把用餐錢算進住宿費中，然後紅著臉等待料理上桌……

沒想到服務生除了玉棋以外，還另外端來了沙拉、肉料理和湯品。

即使每一道都很小盤，但明顯都不是我點的東西。就在我感到困惑的時候——

「雖然只是用多餘的食材湊合的料理，不過這些是我們主廚贈送給客人的禮物。不好意思，我將客人剛才說的話轉告我們主廚後……他就說『要是讓從日本遠道而來的客人沒吃過美味的料理就回去，簡直是丟光義大利人的面子』，並為您準備了這些餐點。」

一臉害臊的服務生對我拋一個媚眼，這麼告訴我了。

真是感激不盡——那一餐真的非常、非常美味。

這段體貼人心的往事，我肯定永遠都不會忘記吧。

那麼期待下次，帕里奧利的飯店陽臺被新綠與藍天點綴的季節再相見。

二〇一六年十二月吉日　赤松中學

祝!!
アリア
24巻
※賀亞莉亞第24集出版!!
■這次因為是新角色上封面，讓我相當緊張……！
貝瑞塔小妹妹的造型希望大家會喜歡。
那麼，期待下一集再相見!!

浮文字
緋彈的亞莉亞（24）狂逸的同學會
（原名：緋弾のアリア XXIV 狂逸の同窓会（イ・ウー・リユニオン））
作者／赤松中學　封面插畫／こぶいち　譯者／陳梵帆
發行人／黃鎮隆　副總經理／陳君平
總編輯／洪琇菁　國際版權／黃令歡
執行編輯／呂尚燁　美術編輯／張麗婷
企劃宣傳／邱小祐
出版／城邦文化事業股份有限公司 尖端出版
台北市中山區民生東路二段一四一號十樓
電話：（〇二）二五〇〇七六〇〇　傳真：（〇二）二五〇〇二六八三
E-mail：7novels@mail2.spp.com.tw
發行／英屬蓋曼群島商家庭傳媒股份有限公司城邦分公司　尖端出版
台北市中山區民生東路二段一四一號十樓
電話：（〇二）二五〇〇—七六〇〇（代表號）
傳真：（〇二）二五〇〇—一九七九
北部經銷／祥友圖書有限公司
電話：（〇二）八五一二—三八五一
傳真：（〇二）八五一二—四二五五
中彰投以北經銷／楨彥有限公司
（含宜花東）電話：（〇二）八九一九—三三六九
傳真：（〇二）八九一四—五五二四
雲嘉經銷／智豐圖書股份有限公司　嘉義公司
電話：（〇五）二三三—三八五二
傳真：（〇五）二三三—三八六三
南部經銷／智豐圖書股份有限公司　高雄公司
電話：（〇七）三七三—〇〇七九
傳真：（〇七）三七三—〇〇八七
一代匯集／香港九龍旺角塘尾道六十四號龍駒企業大廈十樓B&D室
電話：（八五二）二七八三—八一〇二
傳真：（八五二）二七八二—一五二九
馬新經銷／城邦（馬新）出版集團Cite (M) Sdn. Bhd.
E-mail：cite@cite.com.my
法律顧問／王子文律師　元禾法律事務所
台北市羅斯福路三段三十七號十五樓
二〇一七年五月一版一刷
二〇一八年三月一版二刷

■中文版■

郵購注意事項：
1. 填妥劃撥單資料：帳號：50003021戶名：英屬蓋曼群島商家庭傳媒（股）公司城邦分公司。2. 通信欄內註明訂購書名與冊數。3. 劃撥金額低於500元，請加附掛號郵資50元。如劃撥日起 10～14日，仍未收到書時，請洽劃撥組。劃撥專線TEL：(03) 312-4212 ・ FAX：(03) 322-4621。E-mail：marketing@spp.com.tw

國家圖書館出版品預行編目資料

緋彈的亞莉亞24 / 赤松中學 著 ; 陳梵帆 譯. --1版.
--臺北市：尖端出版, 2017.05
面 ; 公分. --(浮文字)
譯自：緋弾のアリア
ISBN 978-957-10-7352-1(第24冊：平裝)

861.57　　106002816